Nacirons Vampire - Sakrileg
Underworld's Children

AF286142

WIDMUNG

Ich selbst opferte Imhotep einen Tropfen der ersten Tinte,
wie es unter den Schreibern der alten Zeit als Brauch
gehalten wurde. Denn gewidmet ist dies all denen, die das
Niederschreiben von Worten ermöglichten und stützten und
den Schreibern dieser Welt hilfreich zur Seite stehen. Und
möge Gott meine Hand führen bei jedem Wort, denn er
schenkte mir die Fähigkeit, mit ihr Worte zu formen und
damit die Verpflichtung, diese Gabe zu nutzen.

ÜBER DEN AUTOR

Oliver Szymanski wurde 1978 in Dorsten in Nordrhein-Westfalen
geboren. Parallel zum Abitur arbeitete er bereits ab 1995 als
Selbstständiger im IT-Bereich. Er hat als Wehrpflichtiger den Dienst seit
1997 in einem Nato-Fernmelderegiment geleistet. Begleitend zu seiner
Tätigkeit als IT-Consultant begann er 1998 Kerninformatik an der
Universität Dortmund zu studieren. Seit 2000 ist er als IT-Consultant
angestellt und arbeitet international für Unternehmen als Trainer und
Berater. Berufsbegleitend hat er 2003 den Hochschulabschluss mit
bestandener Diplomprüfung als Dipl.-Inform. erreicht. Bereits seit dem
12. Lebensjahr schrieb er Geschichten in seiner Freizeit, die zwar in sich
abgeschlossen sind, aber bedeutsame Facetten eines Gesamtwerkes
widerspiegeln. Über die Jahre hinweg ist er dazu übergegangen, statt der
anfänglichen Kurzgeschichten vollständige Romane zu verfassen.

Oliver Szymanski

Nacirons Vampire

~

Sakrileg

Underworld's Children

Bibliografische Information Der Deutschen Bibliothek:
Die Deutsche Bibliothek verzeichnet diese Publikation
in der Deutschen Nationalbibliografie; detaillierte
bibliografische Daten sind im Internet über
<http://dnb.ddb.de> abrufbar.

Die vorliegende Geschichte ist rein fiktiv, spielt jedoch in einem authentischen historischen Rahmen. Außer den historischen Figuren ist jede Nennung von realen Personen rein zufällig, und auch die Handlungen der historischen Personen sind teils fiktiv.

© 2006 Oliver Szymanski

Umschlaggestaltung: Oliver Szymanski

Herstellung und Verlag: Books on Demand GmbH, Norderstedt

ISBN-10: 3-8334-6910-2

ISBN-13: 978-3-8334-6910-7

Mehr zum Roman im Internet: <http://www.naciron.de>
Und auch unter: <http://www.oliver-szymanski.de>

DANKSAGUNG

Ich danke den Menschen, die mich im Laufe meines Lebens immer ermutigt haben, weiter zu schreiben. Ohne sie wäre dies nie erschienen.

PROLOG

Der Mond beschien das ihm gewidmete Fest mit seinem Licht, unter dem sich die Schatten mit den Tieren, die Elemente mit dem Geiste und die Dämonen untereinander verbanden. Ein Fest der Sinne, als das Blut der Opfer diese mächtigen Wesen überfloss, sie sich daran ergötzend, die im Mondlicht beinah schwarze Flüssigkeit gierig schmeckend, sich daran labend. Ihre Kraft war spürbar und schrecklich, vertreibend alle lebenden Wesen, wie eine Welle der Macht, die alles Sterbliche hinwegfegte, das nicht bereits als Opfer gedient hatte und Teil ihrer Macht wurde, in der Quelle dieser Macht. Der göttlichsten aller Flüssigkeiten, in ihrer Schöpfung noch dem Wasser überlegen - dem Blut.

1119 n. Chr.

DIE DRITTE SCHLACHT

Nichts von dem, was ich tagsüber über die Nacht dachte, traf die wahren Verhältnisse.

Zu Beginn des Tages, noch kurz bevor die Sonne erschien um die Welt zu beleuchten, beherrschten die Geräusche einer aufbrechenden Armee die Dunkelheit: Waffenklirren, Geschrei, das Wiehern von Pferden. Der Geruch des verkohlten Holzes der zahlreichen Lagerfeuer, die alle rasch gelöscht wurden, belegte vollends meine Sinne. Nur die unangenehmen aufdringlichen Ausschweife der Exkrementgruben stachen heraus. Ich verschlang hastig das Stückchen trockenes Brot, welches allen Männern eilig vor dem Abmarsch ausgeteilt worden war. Die Lagerhuren waren verschwunden, die Knappen hatten die Pferde aufgesattelt, und die Ritter saßen jetzt in voller Kriegsrüstung auf ihren edlen Tieren. Die Bogenschützen hatten ihre Köcher dicht gefüllt auf den Rücken und die Bannerträger verteilten sich.

Es sollte das dritte Mal werden, dass ich in eine Schlacht zog, oft für einen Grünschnabel, der ich damals war. Dass ich schon so lange lebte angesichts meiner Unerfahrenheit und der Schlachtposition, die mir immer wieder zugeteilt war, und mir nicht einmal ernsthafte Verletzungen zugezogen hatte, blieb zu meinem Bedauern nicht unentdeckt. Daher rief mich jetzt erneut die Ehre, in erster Reihe dem Feind entgegen zu marschieren. Und ein Platz in der ersten Reihe bedeutete den Tod an seiner Seite zu haben und ihn noch an diesem Tag in seine Heimat zu begleiten. Die Männer um mich waren bei dem Marsch in ernstes Schweigen verfallen, ich kannte diese Mienen. Uns war es vorgesehen dem Feind als erste gegenüberzutreten, Reihe für Reihe in die Augen dieser gezwungen feindlichen Gegenüber zu sehen und im Fallen in den Tod hoffentlich ein wenig mehr Blut zu nehmen als zu geben, damit unser Tod einen Vorteil erkaufte und half, den Feind zu überrennen.

Ich wollte nicht sterben, aber es wurde von mir für den Senneschall, meinen obersten Befehlshaber gefordert. Anceau de Garlande war Senneschall Frankreichs unter König Ludwig VI. und hatte damit das höchste militärische Amt des Reiches inne. Ein Intrigant gegen den König, der Rechte auf den Thron forderte. Ich dachte an meinen besten und einzigen Freund Guillaume, er war bei der letzten Schlacht neben mir niedergemetzelt worden. Es fehlte mir damals an ausreichend Bildung, die vielen Bruchstücke seiner Existenz zu zählen. Dass ich damals überlebt hatte, war für meine Kampfgenossen ein Frevel.

Wir erreichten das riesige Feld, auf dem die Schlacht ausgetragen werden sollte, als sich die Sonne zeigte. Der Feind kam aus dem Osten, seine Schlachtreihen hatten die Sonne hinter sich. Ein Vorteil des Gegners, sie blendete uns. Trotz größerer Entfernung konnten wir die einschüchternden Schemen Tausender erkennen, aber der Trott der marschierenden Armee riss uns weiter wie eine unbarmherzige Welle. Meine Waffe und das Schild lagen schwer in meinen Händen, die lahmen Arme beugten sich unter der Belastung der letzten Tage. Die Signale ertönten auf allen Seiten, gewaltige Hornstöße erklangen, Schwärme von Vögeln hoben sich vom Feld und stoben von dannen. Ich warf einen Blick hinter mich auf die tausenden Männer, dabei beinah hundert berittene Soldaten. Die Zahlen hatte ich am Lagerfeuer aufgeschnappt.

Die Ritter waren die eigentliche Macht der Armee. Sie würden letztlich um den Sieg ringen, unser Blut war eine Opferung. In der Kriegsstrategie rechnete man mit eins zu zehn im Minimum bei Ritter gegen Fußsoldaten. Ich wusste damals nicht, was dies bedeutete, aber ich hatte davon gehört. Ein Priester hatte es mir mit einfachen Worten erläutert: ein Ritter im Kampf tötet etliche andere Soldaten. Das hatte ich verstanden. Seit damals halte ich mich von den Rittern fern. Man konnte mir Unbildung, Unreinheit aber nicht Dummheit vorwerfen.

Die Träger rissen die Banner als Antwort auf die Signale hoch gen Himmel, und die Armeen marschierten nicht mehr, sie stürmten in einem vorher von gebildeten Männern festgelegten Plan vorwärts. Dabei folgte ein jeder dem zu seiner Gruppe gehörenden Bannerträger, der sich nah bei seinem Befehlshaber aufhielt. Die Banner hielten die Ordnung in der Schlacht, jede kleine Gruppierung hatte eines. Das hoch gehaltene Banner ermöglichte es, im Irrsinn des Krieges zu wissen, wo die Gruppe war und wohin man sich zu bewegen hatte. Der Bannerträger war sehr wichtig, er übermittelte die Befehle an die ihm zugeordneten Soldaten.

Meine Augen fielen kurz auf eine Pfütze am Boden, und ich sah meine eigene Spiegelung auf der Wasseroberfläche. Die kurz geschnittenen braunen Haare. Das Gesicht eines jungen Mannes, aus dem dermaßen Unwissen sprach, dass es fast kindlich wirkte. Die blauen großen Augen, von denen Guillaume immer gesagt hatte, man könne sich darin verlieren, eine schmale Nase, die glatten bartlosen Wangen, die harmlose Statur hinter den Rüstungsplatten verborgen. Mein schwerer Stiefel zerstörte das Bild.

In der ersten Reihe hat man einen perfekten Ausblick zu Beginn der Schlacht. Man wird getrieben vom Klang tosender Krieger hinter sich und verliert dabei die Fähigkeit, das eigene Keuchen zu bemerken, denn das Blut gerät in Wallung. Das gemeine Volk verliert dabei jeglichen Selbsterhaltungstrieb.

Ich wusste mit jedem Atemzug, in dem der Abstand zu den heranstürmenden Schlachtreihen zügig geringer wurde und die Pfeile auf uns prasselten, dass es meine letzten Momente waren, und ich heute sterben würde. Niemand konnte drei Schlachten in den ersten Reihen überleben. Und so wie häufige Niederlagen uns statistisch einem grandiosen Sieg näher bringen, so kehrte die Wahrscheinlichkeit diese Grundregel ebenso um.

Als ich den Speer auf mich zu rasen sah, nahmen die Reflexe die Oberhand über den Körper. Mein Geist trat dankbar beiseite, froh, die Verantwortung weiterreichen zu können. Mein Körper duckte sich unter der Spitze hinweg. Ich ließ meine Waffe fallen, riss mit der rechten Hand das Schild hoch und griff mit der linken den Kameraden neben mir, der tödlich getroffen umgefallen war. So sackte ich zu Boden, schützte mich mit Schild und Leichnam. Der Mann, der für mich bestimmt gewesen war, wurde von Speeren der Soldaten hinter mir durchbohrt. Ich schloss die Augen, zog mich in einem Bruchteil der Zeit unter dem toten gerüsteten Körper und dem kalten Metall meines und seines Schildes zusammen und betete – betete, erneut auf diese Weise eine Schlacht zu überleben.

Ich wurde niedergetrampelt, spürte Schmerzen am ganzen Körper, aber ich fing mich in der Litanei des Gebetes. Still murmelte ich die Sätze, welche die Priester mir vorgegeben hatten, teils in der mir unbekannten lateinischen Sprache, die ich nicht verstand - ich wiederholte die Silben. Stunden vergingen.

Als ich die Augen öffnete und fast wie aus einer Trance erwachte, war es stiller geworden. Der Kampfeslärm, das Klirren von Schwertern und Surren von Pfeilen war leiser, ich hatte ein wenig räumlichen Abstand zum Rest der Schlacht gewonnen. Ich wagte den Kopf leicht zu heben und zu drehen, Schmerzen bereiteten sich dabei aus, und erst jetzt, als ich aufhörte unbekannte Wörter nach zu beten, spürte ich meinen Körper, welcher mich schmerzerfüllt anschrie und gleichzeitig doch taub wirkte.

Da vernahm ich zwei Stimmen ganz in meiner Nähe. Ich wagte nicht mehr mich zu bewegen, geschweige denn hätten meine Muskeln es vermocht, legte den Kopf daher auch nicht zurück und schloss die Augen. In der kurzen Zeit hatte ich nur Licht wahrgenommen, aber nichts gesehen.

«Siehst Du ihn reinreiten? Der lässt Blut nur so sprießen!»

«Der kann nicht aufgehalten werden, hat zig Knappen geschlitzt und mehrere Ritter fielen.»

«Er bohrt sich reitend in die Reihen, bei Gott!»

«Ich hab nie so einen Ritter gesehen, er kam in der Dämmerung mit seinem Banner und Begleitern. Unglaublich, wie der sein Schwert schwingt.»

«Komm, genug Luft geschnappt. Sonst beenden die den Krieg ohne uns.»

Ich wartete noch einige Zeit, bevor ich die Augen wieder aufschlug. Ich war nicht zwei Schlachten am Leben geblieben, weil ich mich Feind oder Freund zu schnell als lebend zu erkennen gegeben hatte. Wenn man am Leben bleiben möchte, dann darf man erst am Ende leben. Die eine Seite tötet einen und die andere schickt einen zum Weiterkämpfen, was wieder zum Ersteren führt. Als ich die Augenlider hob ohne mich zu bewegen, spähte ich zwischen Schild und blutüberströmten Schultern einer Leiche in die Dämmerung.

Die Sonne war untergegangen, aber es war eine vom Mond beschienene Nacht. Ich überlegte, ob ich vom Schlachtfeld fliehen konnte, aber es schien, als wenn ich meine Gelenke nicht zu bewegen vermochte.

In der Ferne bemerkte ich vereinzelte Kämpfe toben. Jetzt beherrschten - wie vorausgesagt - die Ritter die Schlacht, und alle Kämpfenden waren für die Bogenschützen zu dicht beieinander.

Die Ritter würden den Krieg beenden. Ich konnte zwar nicht zählen, aber ich bemerkte augenscheinlich mehr feindliche Banner, die noch im Wind wehten. Da sah ich eine Gruppe Ritter, vielleicht so viele wie Finger an meinen Händen, die auf ihren mächtigen Streitrössern unter meinem Banner auf einen vereinzelten fremden Ritter zustürmten. Der Ritter hob sein riesiges Schwert zum Gruß und das Mondlicht spiegelte sich auf der Klinge. Er gab seinem großen gepanzerten Reittier einen Ruck, und es spurtete zu den nahenden Reitern.

Das Folgende konnte ich nicht glauben, nachdem ich es nicht einmal zu sehen vermochte, zu schnell geschah es. Die Ritter meines Banners fielen alle tödlich verwundet, ihre Köpfe abgetrennt oder Herzen durchbohrt oder der Waffenarm losgelöst noch vor ihnen selbst am Boden. Das

Blut spritzte in alle Richtungen. Zuletzt fiel das Banner, welches der hinterste Ritter der Gruppe getragen hatte. Ich verlor das Bewusstsein.

Brennender Schmerz riss mich erneut ins Leben zurück. Eines meiner Beine hing bereits im Feuer wie ich mit Erschrecken spürte und brüllte. Tumult entstand und ich wurde zurückgerissen. Überall auf dem Schlachtfeld waren riesige Feuer zum Verbrennen der Toten entstanden.

Aus dem Feuer, in das man die Leichen warf, hatte man mich gerettet. Dennoch - natürlich sollte dies nicht Frieden für meine Existenz bedeuten, man verfeuerte keine Lebenden. Nicht, wenn man sie für Sklavendienste missbrauchen kann. Dies sollte meine Zukunft sein, Sklave im Reich des siegreichen König Ludwig VI. von Frankreich. Allerdings auf eine subtilere Art und Weise als es mir damals bewusst war.

Ich wurde in Reihe an einige andere Überlebende gekettet und schaute im dämmrigen Licht der Nacht an mir herunter. Im Flackern der Feuer bemerkte ich den dünnen arg in Mitleidenschaft gezogenen Leinenstoff, den ich unter meiner Rüstung getragen hatte, von der alle Anzeichen fehlten. Der Stoff war gesäumt mit Blut - wohl in Bruchteilen mein eigenes. Das Schlachtfeld war in Aufräumarbeiten gehüllt, die Leichen mussten verbrannt, die noch Lebenden ausgesondert und alles Wertvolle und Nützliche geborgen werden.

Nachdem kurze Augenblicke vergingen, die mir lang erschienen, wurde meine Gruppe unter Klirren der Kettenglieder und Knallen von Peitschenhieben abgeführt. Aber es war mehr der Laut der schmerzte, wir waren noch betäubt von der Schlacht und freundlicherweise richteten sich die Hiebe auf niemandem im Speziellen.

Es war ein langer Marsch, bei dem wir einem Fackelträger folgten, schlurfend Schritt für Schritt, bis wir einen Sammelplatz erreichten, an dem flüchtig Pause gemacht wurde. Ich sackte erschöpft in mich zusammen, ohne auf die wenigen anderen zu achten. Es war egal, dass wir der gleichen Fraktion angehörten, unsere Seite existierte nicht mehr seit der Vernichtung der Armee. Der lange Marsch in die Gefangenschaft würde bald beginnen.

Gedanken an die unklare Zukunft überkamen mich. Ängstliche Visionen. Es war der Tag, an dem ich meine dritte Schlacht überlebte.

JÄGER UND BEUTE

Die Mühlen der Zeit mahlen langsam, und das Schicksal beweist immer wieder Humor, wie kommende Ereignisse zeigten.

Ich erwachte dank Wasser. Es preschte aus einem hölzernen Eimer auf mich ein. Ich tat den beiden Wachen, die um mich standen, den Gefallen, meine Augen zu öffnen und zu Sinnen zu kommen, bevor mir weitere Sanktionen drohten. Ich lag nackt auf kühlem Steinboden, meine Leinensachen lagen in einer Ecke des engen Verlieses vor mir. Mit einem Tritt und einem Wink mit der Hand machte man mir deutlich, zügig aufzustehen.

Ich wurde fortgeführt. Ohne Kleidung fühlte ich mich zusätzlich zu meinem Stand als Gefangener sehr verletzlich. Wir stiegen zu meinem Erstaunen karge Treppen empor. Ich hatte erwartet, tiefer in den Kerker geführt zu werden, und diese Folterkeller lagen meines Wissens nach nicht oben.

Es ging einen Gang entlang, noch eine Wendeltreppe hoch, von unten nach oben im üblichen Uhrzeigersinn gewunden, um den meist rechtshändigen Wachen die Verteidigung gegen heraufströmende Angreifer zu erleichtern.

Letztlich wurden selbst die Wachen zusehends nervöser. Ich bemerkte aus den Augenwinkeln, wie sie hinter mir immer wieder verhaltene Blicke tauschten. Eine der Wachen öffnete eine schwere eisenbeschlagene Holztür vor mir, und die andere stieß mich hinein.

Es war der Tag, an dem ich Sklave wurde. Aber dies war erst noch zu erreichen. Noch wusste ich nicht, dass Sklave einen Aufstieg bedeutet hätte. Im Raum flog mein Blick umher, schnell alles aufnehmend, die Panik der Wachen hatte mich angesteckt. Die Augen der einzigen Person im Raum kreuzten meine, und ein Wort blitzte bei ihrem Blick auf mir in meinen Gedanken auf: «Beute».

So streiften ihre Augen mich, bevor sie wieder auf ein Pergament vor ihr am Tisch sahen. Ihre Interesselosigkeit gab mir Gelegenheit, mich zu fangen und mich erneut umzusehen. Ein geräumiges Gemach, von vielen Kerzen in teuren silbernen Haltern erleuchtet. Sie hingen an den Wänden und manche große standen am Boden.

Links von der Tür und somit hinter mir brannte ein wärmendes Feuer im gemauerten Kamin, die Heizmöglichkeit unserer Zeit. Ein stabiler kleiner Tisch stand im Zentrum des Raumes, vor dem die Person saß. Eine kleinere Kerze stand direkt auf ihm und half ihr beim Betrachten des Pergaments, dachte ich. Mir hätte dies nichts gebracht, ich konnte nicht lesen. Das würde das Schicksal erst etliche Leben später für mich bereithalten.

Sie war eine Frau mit vielleicht zwei Jahresfesten mehr als ich, aus heutiger Sicht sage ich vielleicht 22 Jahre. Sie trug langes schwarzes Haar, eine braune Ledertunika passend zu ihrer Hose, die man unter dem Tisch ausmachen konnte. Schmale Lippen wurden von einem energischen aber attraktiven Gesicht eingerahmt. Volle Wangen, große dunkle Augen, die teils im Takt der Flammen grün umrandet schimmerten, überzogen mit feinen schwarzen Augenbrauen, die ein Maler gezogen haben könnte. Sie besaß eine hohe Stirn und eine schmale Nase und ihre

Wimpern... Die Wimpern standen wie kleine dünne Stacheln nach oben und unten und zogen jeden Blick beinahe magisch auf die Augen. Sie hielt einen Federkiel in der Hand, aber bewegte ihn nicht. Die Feder glänzte im Schein der Flamme und wirkte kostbar.

Sie war nicht die einzige Person außer mir in dem Zimmer, lediglich die einzig lebendige. Es lagen drei Leichen verteilt. Nackte Männer, sehr blasse Körper, die Kerzenlichter flackerten über die reglosen Hüllen. Ich war zwar kein Meister der Heilenden Künste, aber mein Magen zog sich bei ihrem Anblick augenblicklich eng zusammen, das Signal meines Körpers für Gefahr. Erst hatte ich sie übersehen, dermaßen hatte die Frau meine Aufmerksamkeit gefesselt. Mein Hinterkopf pochte. Sie waren tot. Erneut kam das Wort «Beute» in meinen Sinn und ich schaute verängstigt.

Die anderen Möbelstücke im Raum nahm ich schon nicht mehr zur Kenntnis. Mein Blick fiel wieder auf sie, und ich starrte die Frau an. Ihre schmalen Lippen hatten einen ernsten Ausdruck, aber sie sah nicht auf.

Irgendetwas sagte mir, dass mir nicht angedacht war, diesen Raum voller Leben zu verlassen. Hoffentlich sah der große Plan hinter allem etwas anderes vor. Doch wer war ich, das zu hoffen?

Ich spürte, dass meine Chancen schlecht standen etwas zu bewirken, sobald das Pergament aufhören würde ihre Aufmerksamkeit zu beanspruchen. Ich hatte das Banner des Ritters über dem Kamin hängen sehen, der gegen Ende der Schlacht die meinigen übernatürlich schnell getötet hatte. Und ich hatte das Schild eben dieses Ritters an der Wand links von mir, also gegenüber der Tür erblickt. Und das blitzartig geführte Schwert lehnte an dem freien Stuhl, ihr gegenüber am Tisch.

Auch wenn ich wusste, dass eine Frau niemals Ritter zu werden vermochte, ignorierte ich die Zeichen nicht. Und wenn ich eins und eins nicht zu zählen in der Lage war, mir war deutlich, dass sich sonst niemand in dem Raum befand, dem das Banner, der Schild und das Schwert gehören konnten. Nicht zuletzt spürte ich Gefahr von ihr ausgehen.

Sie schürzte die Lippen und fuhr in einer gleitenden Bewegung mit der Zunge über sie. Ich begann die Zeit, welche mir blieb, zu nutzen, denn meiner bisherigen Erfahrung nach fesselte ein einziges Pergament niemanden lange.

Ich räusperte mich: «Da war mir vergönnt heute die dritte Schlacht zu überstehen. Eine magische Zahl, Gott selbst muss mich beschützt haben», sagte ich hektisch stotternd.

Ich fügte noch ein «Danket dem Herrn» hinzu, es mit dem versuchend, was zu meiner Zeit oft mit Erfolg gekrönt war: Aberglauben. Bei der Erwähnung des Schöpfers hob sie die linke Augenbraue, zeigte davon abgesehen allerdings keine Reaktion.

«Nie hätte ich zu denken gewagt, bestimmt zu sein mit Leben aus der Schlacht zu treten», es war für mich sehr anstrengend so zu reden, aber ich erwartete damals derart komplizierte Floskeln unter den gebildeten Menschen, «Anscheinend ist mein Leben noch einer Aufgabe gewidmet.»

Sie legte den Kiel beiseite, schaute aber noch auf das Blatt. Kurz war mir der Atem gestockt. Geboren von einer Hure, geworfen in den Abwasserkanal namens Fluss, gefunden von einer Händlerfrau ohne eigene Kinder und die

Fähigkeit welche zu gebären, drei Jahre aufgezogen bis sie starb und ihr Mann mich davon trat. Danach Jahre in Hinterhöfen, schmutzigen Gassen und feuchten Kellerräumen, immer wieder verjagt und weiter getreten, um Essen gebettelt und oft entwendet, wann immer der Hunger zu groß wurde. Schließlich zwangseingeordnet in die Armee des französischen Senneschalls um den König zu stürzen. Das war mein Leben und es zog an mir vorbei, als sie aufsah und die Augen der Jägerin mich trafen. Der gleiche Moment, wenn ein Reh den Pfeil anstarrt, der es töten wird.

Sie stand auf und ging am Tisch vorbei zu mir, ich war reglos. Meine Nacktheit machte mich mehr als schutzlos. Sie machte einen Bogen um mich, musterte ihre Beute aus allen Richtungen und blieb links neben mir stehen. Mein Atem stand still. Ihr rechter Arm hob sich und ihre Hand wollte sich in der Bewegung hinten um meinen Hals legen, ich spürte sie bereits am Nacken. Eine Gänsehaut überfiel mich. Ich sprang vorwärts, schnappte den Griff des groben Schwertes und riss es hoch. Während die Spitze den Boden nicht verließ, und es neben den Stuhl kippte, fiel ich zu Boden. Es war zu schwer, ich hatte es nicht heben können, und die Kraft meines plötzlichen Sprunges hatte zuviel Wucht.

Ich rollte mich schnell herum und rappelte mich in Eile vom Boden auf. Sie stand noch wie vorher, aber der Arm war wieder gesenkt, so dass ihre Hand wieder am Schaft des langen Dolches an ihrer Seite lag, der am Gürtel in seiner Scheide steckte. Als ich noch nachdachte was zu tun war, waren die drei Meter Distanz abrupt zunichte, und ein Schlag gegen den Magen presste alle Kraft aus meinem Körper, der in Todessicht alle Reserven empor riss. Als das

Gefühl akuten Schocks mich wieder freigab, war mir bewusst, dass dieser Schlag mich an die rückwärtige Wand des Raumes geworfen hatte. Zwei Dinge: weiter entfernt von der Zimmertür konnte ich mich nicht befinden und neben mir fühlte ich einen kalten Leichnam.

Tränen von der Wucht des Schlages rannen über mein Gesicht. Die Reserve ließ zu, dass ich mich erneut aufrichtete. Sie stand, wo sich mein Körper gerade noch befunden hatte. Mir war, als wenn ich selbst meinen Angstschweiß riechen konnte, ein typisches Beutemerkmal. Ich hob abwehrend eine Hand, wie um sie kurzfristig zu bitten, mich verschnaufen zu lassen, die andere hielt meinen Magen.

Plötzlich wusste ich was zu tun war. Überleben war meine Kunst. Ich schloss die Augen in dem Bewusstsein, dass sie kommen würde. Dann sprang ich nach links zu dem großen hölzernen Himmelbett. Ich spürte den Wind ihrer übermenschlichen Geschwindigkeit. Meine beiden Hände griffen zu und erfüllten ihre Aufgabe. Als ich mich so schnell ich konnte drehte, bemerkte ich, dass sie mitten in das Laken gerannt war, das ich zu ihr geworfen hatte. Wütend suchte sie es loszuwerden, nur um sich weiter zu verheddern. Das Kissen, welches meine andere Hand ergriffen hatte, vor mir haltend, sprang ich erneut, mich dahinter zusammen krümmend und prallte gegen die Scheibe eines der großen Mosaikenfenster, das beim Aufprall zerbarst.

Ich sackte dahinter nach unten, zum Glück bloß ein kleines Stück, und landete auf einem Vordach. Trotz unzähliger Schnittwunden gönnte ich mir nur eine kleine minimale Verschnaufpause und warf dabei das Kissen, welches jetzt aufgerissen war, über das Vordach. Es hinterließ eine Spur aus zum Teil von mir blutigen Daunen. Ich wich nach hinten, krümmte mich zusammen und presste mich an die Wand unter dem Fenster.

Ein Schatten zog über mich, die Frau landete graziös auf dem Vordach, anmutig schien ihre Silhouette, trat an den Rand und sprang. Sie folgte der Spur. Ich stellte mich auf und zog mich wieder zum Fenster hinein, nicht ohne mich an den Scheibenresten tief in die Hände zu schneiden.

Wenn ich eines in den Diebesjahren gelernt hatte, dann einen Verfolger am leichtesten abzuschütteln, indem man ihn vorbeilaufen ließ.

Ich sackte, wieder im Inneren ihres Gemaches, vor Erschöpfung zusammen und zwang mich tief Luft zu holen und meinen Atem zu regulieren. Draußen hatte ich gesehen, dass ich mich inmitten des Komplexes einer gewaltigen Burg befand, ich sah die Wehrmauern, die Innenhöfe und zahlreiche Wachen auf Patrouille. Mein Körper hatte sich schnell wieder unter Kontrolle und vergeudete keinen Moment. Ich stand auf, war rasch an einem Schrank und fand darin Kleidungsstücke, die für einen Mann durchaus passend waren. Ein Leinenhemd und eine Tuchhose wechselten den Besitzer, ich streifte sie nur schnell über die nackte Haut und griff ein paar Schuhe aus Leder, nahm die Kerze vom Tisch und warf sie auf das Bett.

Während der Brand langsam die Freiheit nutzte und dabei eifriger wurde, huschte ich durch die Tür, vor der zu meinem Glück keine Wache stand - diese hatten selbst zu ängstliche Gedanken in der Nähe des Raumes gehabt. Ich lief einige Meter über den Gang, kam zu der Treppe, lief ein Stockwerk hinunter und schlich durch eine Tür, nachdem ich kurz an ihr gehorcht hatte. Es handelte sich um einen menschenleeren dunklen Raum. Ich kroch in die hintere Ecke, versteckte mich dabei neben dem Bett und war dankbar bislang niemandem begegnet zu sein, während ich in die Schuhe schlüpfte.

Die Jagd auf mich war eröffnet, ich hörte panische Rufe nach Feuer und fast war es mir ein zorniges Gebrüll aus der Ferne wahrzunehmen. Gut, ich war auf einer feindlichen Burg und etwas jagte mich, von dem ich nicht einmal zu ahnen wagte, um was es sich handelte. Ich hatte nie intensiven Kontakt zum Glauben gehabt, auch Aberglaube war mir stets nur Mittel zum Zweck gewesen, um Essen zu erlangen. Allerdings hatte ich nie Zweifel an dem Teufel, doch hatte ich ihn mir als ein männliches Wesen vorgestellt und nicht als ein Geschöpf von solcher Schönheit.

Ich verdrängte den Gedanken daran und murmelte mir selbst bestätigend «Dummer Aberglaube» zu. Dennoch, etwas... sie war hinter mir her, und ich zweifelte nicht, dass sie in der Lage war mich aufzuspüren. Das von mir gelegte Feuer würde für Unruhe sorgen, so dass man mich vielleicht nicht bemerken würde, und irgendwie würde ich meine Schnittwunden sicher auch halbwegs vor Vorbeilaufenden verbergen können. Ich hatte lediglich nicht die geringste Ahnung, wie ich aus der Burg fliehen sollte. Hier im Gemach würde ich allerdings nicht lange sicher sein.

Ich riss von dem Laken des Bettes zwei Streifen ab und wickelte sie halbherzig um meine Hände, als ich hörte, wie sich ein Scharren der Tür näherte, die sich kurz nachdem ich mich in der Ecke neben ihr verbarg, öffnete. Ein Schatten trat ein, mein Herz sackte zum Magen, bis ich sah, dass es sich um eine sehr grobschlächtige Gestalt eines Mannes handelte. Meine Doppelfaust traf nach einem langem Schwung - und nachdem die Wache «Verehrte Dame» ausgesprochen hatte - direkt auf den Hinterkopf. Die Wache sackte danieder. Ich nahm das Kurzschwert von der Seite des Mannes, indem ich den Waffengürtel an mich nahm und ihn mir selbst umband. Alles Weitere hätte zuviel Zeit gekostet, und das Schwert direkt in der Hand hätte die Aufmerksamkeit auf mich gezogen. Ich bezweifelte ohnehin, dass mir die Waffe von Nutzen sein konnte.

Ich nahm mir vor, nach unten zu fliehen, vielleicht in die Küche oder den Lagerkeller und dort ein wenig zu ruhen und mir weitere Gedanken zu machen. Ich begegnete auf meinem Weg nur einem Mann und einer Frau, die zügig an mir vorbeistrebten, wohl angetrieben von den hilfesuchenden Feuerrufen. Ich landete unten in einer großen Küche.

An einer Wand werkelte ein altes gebückt laufendes Weib, es klimperte und schepperte. Sicherlich war sie schwerhörig, kam es mir in den Sinn. Sie war mit dem Rücken zu mir gewandt und nahm keine Notiz von meiner Wenigkeit. Sehnsüchtig starrte ich zu den Schinken, die von einem Balken baumelten, und mein Magen zog sich schmerzhaft vor Hunger zusammen. Ich fuhr mit der Hand zu meiner alten von Haaren bedeckten Wunde am Hinterkopf, die kreisförmige Narbe, die niemals vollständig geheilt war, juckte plötzlich. Für mich seit langem ein Zeichen von drohender Gefahr. Der erste Ausgang, den ich wahrnahm, war die Treppe, die mir als Eingang gedient und direkt in diesem Raum gemündet hatte. Ich sah den Schatten, der bedrohlich den Rand der Treppe hinunter kroch, ein Vorbote des Grauens, woran ich nicht zweifelte.

Schnell schlich ich weiter in die Küche hinein und sah einen schmalen Durchgang, der nach unten in die Dunkelheit führte, und geschwind befand ich mich im Keller. Ich hatte den Vorratsraum erwischt, dass konnte ich allerdings eher riechen denn sehen, denn außer dem Schein aus der Küche war der Raum in Schatten getaucht. Ich tastete mich vorwärts, weiter in die Dunkelheit und verharrte unsichtbar hinter einer Form, die wohl ein Regal darstellte. Das Kribbeln am Hinterkopf ließ keineswegs nach. Ich bemerkte, wie sich der Durchgang verdunkelte und dann wieder sichtbar wurde, etwas war zu mir in die Dunkelheit gekommen. Der Schein vom Durchgang offenbarte die Gestalt meiner Jägerin, die am Ende der Treppe bei mir im Keller in unmittelbarer Nähe stand. Sie fing an zu mir zu sprechen, es schien als hätte sie Gefallen an dem Spiel gefunden.

Vielleicht hatte sie kein direktes Hungergefühl - nicht so wie ich, der nunmehr seit vielen Stunden nichts mehr gegessen hatte, aber auch mir verging es und wurde hinten angestellt im Zuge des nahenden Todes. Sie genoss es, die Maus zu verunsichern und ihr langsam alle Wege zu nehmen. So anmutig wie ihre Silhouette wirkte, war sie eine Katze auf der Pirsch. Warum sagte niemand diesen Tieren, dass man nicht mit Nahrung spielte? Ich war verzweifelt.

«Du verbirgst Dich im Schatten», sagte sie und schnalzte mehrfach missbilligend mit der Zunge. Ihre Stimme war leise, dennoch so eindringlich, dass es keinerlei Möglichkeit gab, sie nicht wahrzunehmen, und mindestens so anmutig wie ihre Bewegungen.

«Die Schatten flüstern mit mir, und auf ein Kommando werden sie Dich für mich in Stücke reißen.»

Sie lachte. Es klang grauenerregend, selbstgefällig und nahm mir allen Mut. Und selbst das Lachen war betörend und so still, dass es auch in der Küche nicht zu vernehmen war. Ich stolperte ein wenig nach hinten, es klirrte, als ich dort an ein weiteres Regal rempelte. Während ich noch über die Regale sinnierte, spürte ich kalte feuchte Berührungen am Körper, der Gürtel mit dem Schwert wurde weggerissen. Die Jägerin hatte sich nicht bewegt. Sie hatte ihre Bemerkung über Schatten nur allzu wörtlich gemeint. Furcht prallte auf mich wie ein Schlag. Meine Beine klappten ein, und ich wimmerte um mein Leben, was sie zornig fauchen ließ. Sie hatte mehr erwartet, mochte nicht, dass das Spiel so früh endete. Aber das sollte es auch nicht.

Ruckartig stieß ich meine Beine nach vorn und meinen Oberkörper zurück, deutlich ein wenig Widerstand in der Luft spürend, ein Beweis für die Schatten. Meine Beine warfen das Regal vor mir, meine Schultern das hinter mir brutal mit ausreichender Wucht um. Geräusche zahlreicher aufprallender Gegenstände, viel zerberstendes Glas und ihr Fauchen, als sie zur Seite sprang um dem vorderen Regal auszuweichen. Ich stand auf, die Schatten hatten von mir abgelassen, und in dem düsteren Schein vom Durchgang glaubte ich, dass ein Teil des Holzes auf ihr lag. Es würde sie nicht aufzuhalten vermögen.

Meine Hände glitten nervös über den Boden, die Finger die zerstörten und ganz gebliebenen Gegenstände ertasten, teils durch die Nässe von Flüssigkeiten. Ein glücklicher Zufall schien sie zu lenken, und ich fand die Scherbe eines Steinkrugs, als sie das Regal von sich anhob. Ich drehte die Steinscherbe in den Fingern und ein guter Geist ließ sie mich wohl in der richtigen Stellung anhalten, denn als ich sie danach im schrägen Winkel auf den Steinboden schlug, flogen wenige Funken direkt empor. Das Holz des Regals raste über mich hinweg, fortgeschleudert von der Jägerin und prallte an eine Wand, als ein sprühender Funken ein alkoholisches Gebräu fand, welches wahrscheinlich in Flaschen in den Regalen aufbewahrt wurde. Ich konnte dies nur vermuten, denn es war noch immer Dunkel. Aber dies änderte sich schlagartig, als der Funke sein Feuer entzündete, das sofort beinahe den gesamten Keller einnahm. Ja, ich hatte gelernt zu überleben. In den verschlingenden Krallen des Feuers schienen die vom Licht sterbenden Schatten zu schreien.

Ich sah, was ich sehen musste. Sie, wieder stehend und mich scheinbar grübelnd anstarrend, ein anderer Blick als auf die reine Beute. Das Feuer, bald würde ihm der Raum gehören. Und das Loch in der Wand mit dem Flaschenzug. Hier wurden Güter transportiert, vermutete ich und rannte, sprang, streckte die Hände aus und verließ mich auf das, was ich konnte - überleben. Ich verhedderte mich, bekam das Seil nur halb zu fassen, mein Hemd klemmte im Rad fest, ich starrte hinunter, die Burgmauer endete einige Meter tiefer, dann begann Felswand, dann Meer. Mein Geist fasste zusammen, Burg auf Fels, als mein Hemd riss, der Flaschenzug mit mir nach unten raste, und ich sicher nicht langsamer dabei war, als wenn ich direkt gefallen wäre. Mir wurde schwarz vor Augen.

DIE KRONE

Déjà-vu. Wasser prallte in mein Gesicht. Ich öffnete die Augen, diesmal ein größerer Raum, auch deutlich weniger karg eingerichtet. Einem dergleichen schönen Gemach hatte ich bislang nie innewohnen dürfen. Weiche anschmiegsame Läufer säumten den Boden, auf einem davon erwachte ich. Goldene und silberne Kerzenhalter überall, Kronleuchter an der hohen leicht kuppelförmigen kunstvoll bemalten Decke, das Glitzern von Edelsteinen, die als Verzierungen überall schmuckvoll glänzten, kristallene Becher. Teure Gemälde in wundervollen Holzrahmen, Meisterwerke, sowohl vom Maler als vom Schreiner. Wobei es sich bei mir nicht um einen Experten für eine solche Beurteilung handelt.

Eine Hand zog mich nach oben und dirigierte mich mit sanftem Druck an den Schultern zu einem hölzernen Stuhl mit Polstern auf dem ich Platz nahm. Nie zuvor hatte ich einen Stuhl mit Polstern gesehen. Ich blickte zur Seite, und der Mann lächelte mich freundlich an, er war nur wenige Jahre älter als ich. Drei Männer befanden sich im Raum, der Mann an meiner Seite war der jüngste von ihnen. Er war glatt rasiert und hatte das schwarze Haar kurz geschnitten. Ich nahm mir nur kurz Zeit, die Männer detailliert zu betrachten, wenn man überleben wollte, musste man Prioritäten setzen, denn Neugier war der Katze Tod.

Die beiden anderen ungefähr im gleichen Alter, grau meliertes Haar, der eine einen Spitzbart, der andere einen Vollbart, selbst die Bärte grau. Der mit dem Spitzbart schaute auch freundlich, allerdings spürte ich, dass dies nicht ehrlich war und jederzeit umzuschlagen vermochte. Er spielte mit einer Krone in Händen, auf die er größtenteils blickte und saß hinter einem wuchtigen Tisch aus weißem Marmor. Der Mann mit dem dichten Vollbart schaute nachdenklich und ließ mich nicht aus den Augen. Er stand neben dem Marmortisch. Die Hand zog sich von meiner Schulter zurück. Der Bart nahm eindrucksvoll an der Gestik des Mundes teil, als der in eine schwarze Robe gehüllte Mann vor mir zum Wortführer wurde.

«Euer Name?»

Es machte nicht viel Sinn zu lügen, allerdings handelte es sich um eine schwierige Frage, wenn man mein Leben betrachtete. Von meinen leiblichen Eltern hatte ich sicherlich keinen Namen bekommen, und selbst wenn mir die Händlerin einen gegeben hatte - es war bereits ein Wunder, dass ich überhaupt von ihrer Existenz Erinnerungen trug. Später war ein Name nie wichtig gewesen.

Ich war mir also keineswegs sicher, ob ich überhaupt einen Namen hatte, aber dies zu erläutern, hätte sicherlich nicht dazu beigetragen eine Situation zu entschärfen, die ich gerade nicht zu durchschauen vermochte. Ich sagte ihm einen Namen, von dem ich nicht ahnte wie er in meinen Sinn gekommen war.

«Ihr habt die Schlacht überlebt», eine Feststellung aus dem bärtigen Mund mit der rauen eindrucksvollen Stimme, «Eure erste?»

Ich schüttelte den Kopf, ich hatte einen sehr trockenen Mund und mir dürstete.

«Lasst mich nicht jede Einzelheit erfragen, schnell könnte ich dem Gespräch sonst müde werden!»

Ich überhörte die Drohung nicht, sicherlich war es der falsche Weg ihn müde zu machen, und ich begann hastig damit, einigermaßen höfliche Worte zu formulieren, worin ich zu meinem Bedauern nicht sonderlich geübt war.

«Kann nicht zählen, mein Herr. Da war eine, etwas länger her, dann vor wenigen Tagen und diese jetzt.»

Ich schaute beflissen und nickte mehrfach unterwürfig. Ich gebe zu, ich hatte schon besser formuliert. Aber ich hatte keine Ahnung, wie ich diese Leute anzureden hatte. Mir schien allerdings, dass von diesem Gespräch mein Leben abhing. Er seufzte.

«Gut, drei Schlachten also. Dies macht Euch beinahe zu einem erfahrenen Krieger. Welche Position habt Ihr inne gehabt?»

Ich grübelte über den Sinn der Frage nach, glücklicherweise nicht lang genug, um Zorn auf mich zu ziehen: «Ähm, mein Herr, wir ... ich war dort wo die Reihen aufeinander treffen, mein Herr.»

Selbst Spitzbart blickte dabei von seiner Krone auf.

«In den vordersten Reihen?», versicherte sich der Wortführer. Ich nickte eilig: «Ja, mein Herr.»

Wortführer und Krone sahen sich an, was damit abschloss, dass mich ersterer wieder musterte und der zweite mit dem goldenen Kranz in seinen Händen spielte.

Sie fragten mich einige Sachen über mein Leben, und ich antwortete immer so prompt ich konnte und betete insgeheim, die richtigen Worte zu wählen. Es war nichts dabei, wo lügen einen Vorteil versprach. Woher ich kam, meine Verdienste, was ich gelernt hatte. Nirgendwo, keine, nichts. Ich schaute ein wenig vorsichtig bei jeder Antwort. Die Fragerei erschien mir endlos, Krone gähnte einige Male, es musste mitten in der Nacht sein, vor den Fenstern herrschte Dunkelheit. Aber der Wortführer machte unbeirrt weiter. Schließlich nickte er dem jungen Mann hinter mir zu: «Ruft Eure Schwester!»

Ich hörte keinen Ruf, aber das Knarren der schweren doppelflügigen Eichentür, die aufschwang um mir Preis zu geben, dass ich keinen Albtraum gehabt hatte. Sie trat anmutig wie immer in den Raum, ihr Blick schwenkte an mir vorbei, ihr Gang ebenfalls, und sie verneigte sich vor der Krone mit den Worten «mein König» der sie mit einer gelangweilten Handbewegung entließ. Dann verbeugte sie sich vor dem Wortführer mit «Suger von Saint-Denis», der ihr ernst zunickte und zu mir zeigte, sehr zur Freude meines Unwohlseins. Ich wollte aufspringen, als ich bemerkte, dass sich die Hand des jungen Mannes wieder auf meiner Schulter befand, stärker als jede Fessel aus Stahl band sie mich an den Stuhl, der plötzlich trotz Polster mehr als unbequem wirkte.

Ihre Pupillen leuchteten, als ihr Blick in meinen prallte und Keuchen und Schweiß meinerseits auslöste. In späten Jahrhunderten sagt man, der Tod ist ein Meister aus Deutschland. Hier war mir bewusst, dass der Tod, wäre er ein individuelles Wesen, sie den meinigen darstellte.

«Schwester, lass ab!»

Mein Herz raste schneller, als sie abrupt den Blick abwandte und süffisant ihrem Bruder zunickte. Ich beruhigte mich schlagartig und die Panik verging, auch als sie mich wieder ansah. Ich konnte es mir nicht erklären, wie sich mein Zustand so schnell meiner Kontrolle entziehen konnte.

«Wir überlegen, ob er der richtige sein könnte, Aliana», bemerkte Berater von Saint-Denis. Sie schüttelte den Kopf, während sie mich weiterhin ansah, was mich zwar nervös machte, aber keine Panik mehr auslöste: «Nein. Ich nehme jetzt sein Blut und die Angelegenheit ist bereinigt.»

Die Stimme des Beraters klang sanft - nicht annähernd so sanft wie die ihre - aber schien sie einzuschüchtern: «Das, Aliana, entscheidet immer noch der König.»

Sie trat näher zu mir und es war gut, dass ihr Bruder mich festhielt. Ängstlich sah ich in ihre Augen als ihre eiskalte Hand meine Wange tätschelte.

«Es ist nichts weiter als Nahrung», stellte sie ihre Ansicht fest und nahm ihre Fingerkuppen um meine Wange zu streicheln, wobei mich ihre Nägel berührten. Ich wusste, dass in dieser Geste keine Freundlichkeit lag, sondern reine Bedrohung.

«Er ist Dir zweimal entkommen, Aliana. Dazu gehört entweder sehr großes Glück oder großes Geschick. Du hast ihn zumindest nicht einfangen können, dafür musste Gideon seine Kräfte nutzen.»

«Und ihn vor dem Tod retten? Ist das Geschick?», fügte Aliana spöttisch hinzu und ein grauenvoller Seitenblick traf mich.

Ich wusste nicht woran ich war. Es war überdeutlich, dass Aliana hier nicht zu meinen Freunden gehörte, aber auch bei den anderen war ich mir dessen sehr unsicher. Ich war unter Feinden und ein Gefangener, daran war nicht zu rütteln. Aber scheinbar lag eine Entscheidung in diesem Raum, die bestimmen würde, ob ich Futter, Sklave oder etwas Drittes wurde.

Und ich war unschlüssig ob ich erfahren wollte, um was es sich bei letzterem handelte. Ich war ausgelaugt, müde, hungrig und meine Wunden an den Händen hatten unter dem schwachen selbst angelegten Leinenverband nicht gestoppt zu Bluten. Blut ...

Ich spürte, dass die Hand auf meiner Schulter stärker zu drückte und blickte rasch in die Richtung von dem Mann, der scheinbar Alianas Bruder war, wie sie diese Jägerin bezeichnet hatten. Und ich sah seine Augen. Es waren die Augen, die deutlich seine Verwandtschaft zu ihr zeigten, keine menschlichen Augen. Und er sah auf meine Hände. Mein Blick senkte sich wieder auf den stümperhaften Verband, den ich selbst um meine Hände gewickelt hatte. Mittlerweile hatten auch die anderen das bemerkt, und Stille kehrte ein, gerade eben hatte der Berater mit dem König getuschelt. Der König - ich saß tatsächlich vor König Ludwig VI. von Frankreich. Allerdings beschäftigte mich dies im Augenblick nicht.

Ich sah, wie das Blut durch den Verband drang und ihn schon an den Innenseiten der Hände dunkelrot färbte. Jetzt kam mir auch wieder der Schmerz in den Sinn, der bislang hinter anderen Dingen, die mich beschäftigt hatten, zurückgetreten war. Und auch meine alte Kopfwunde rief zu mir. Als ich wenige Lebensjahre gemessen hatte, schoss ein anderer Junge mit einer Steinschleuder auf mich, der Stein drang durch meine Schädelplatte. Wie ein Wunder hatte ich überlebt. Jetzt quälte mich die zugewachsene Wunde immer wieder, mal ein Segen, mal ein Fluch, Gefahr anzeigend aber Schmerzen verursachend. Fast wie ein Flüstern.

Ich habe dabei wohl schmerzhaft aufgestöhnt, und als ich meine Hände zurückziehen wollte, wurden sie bereits gepackt. Von einem Moment auf den nächsten kniete Aliana vor mir und hielt meine Handgelenke fest. Dies tat nicht weh, allerdings waren meine Arme dadurch völlig reglos, ich konnte sie kein Stück fortführen. Sie schaute mich nicht an, nicht zu mir hoch, nur auf meine Hände. Rasch fuhr ihr Kopf vor und zurück, und sie hatte mit ihren Zähnen den Verband meiner rechten Hand fortgerissen. Jetzt schaute sie kurz in meine Augen, sie fesselte mich, noch mehr als die Hand ihres Bruders, der nicht zu reagieren schien.

Ich tat etwas für mich Unglaubliches. Eigentlich hätte ich vor Angst wegzucken müssen oder versuchen davon zu rennen oder irgendeine der wenig heldenhaften Taten, die mir sonst in gefährlichen Situationen oblagen. Aber ich schaute lediglich zurück, direkt in ihre Augen, legte dabei meinen Kopf leicht schräg und blickte sie ergeben an.

Sie spürte, dass ich keinen Widerstand leisten würde, dass ich für den Augenblick ihr gehörte. Gebannt von ihrer Präsenz verging all mein Schmerz und ein Ausdruck des Nichts senkte sich über mich. Nur ihre Augen zählten. Sie beugte den Kopf hinunter, ich sah auf diese wunderschönen feinen Finger, die mich dermaßen festhielten, als wenn meine Arme niemals Muskeln besessen hätten. Dann streckte sie ihre Zunge hinaus und leckte mein Blut. Es war seltsam erregend, und ich vergaß alle um uns herum und genoss. Ihre Zungenspitze bohrte sich langsam und sanft in meine Wunde, ich spürte ihre Lippen an meiner Hand.

Es war, als wenn ich aus einem Traum erwachte. Lediglich die Tatsache, dass niemand seinen Standort gewechselt hatte und mich immer noch alle ansahen, ließ mich erkennen, dass nahezu keine Zeit vergangen war. Aliana kniete noch immer vor mir, doch jetzt stand sie langsam und mit tödlicher Präzision auf und sah mich nicht mehr an. Ihr Bruder ließ die Hand von meiner Schulter gleiten, er strich dabei leicht über meinen Nacken, ich hatte dort noch immer eine Gänsehaut. Aliana wandte sich zu dem Berater, sie war mit dem Rücken zu mir, was verhinderte, dass ich mehr sah, als dass Suger von Saint-Denis in ihre Richtung schaute.

Lange Sekunden vergingen, und ich betrachtete ihre perfekte Statur und versuchte einzuordnen was geschehen war. Der Berater sah zu Boden, erst da wendete sich Aliana dem marmornen Tisch und dem Mann mit der Krone zu. Der König. Mir fiel wieder ein, dass die anderen ihn König genannt hatten, und wo ich mich gerade demnach befinden musste. Alianas Stimme schnurrte beinahe zärtlich.

«Ihr entscheidet natürlich wie immer König. Aber ich wage es zu bitten und darauf zu bestehen, dass er die eindringlichste Ausbildung erfährt, die sich Eure königlichen Lehrmeister ausdenken können. Wenn er es nicht wert ist, soll er schon dabei fallen. Wenn es tatsächlich Euer Wille sein sollte, dass er den heutigen Abend überlebt.»

Während ich noch grübelte, ob es ein Vorteil war, dass sie mich nicht mehr als «es» bezeichnete und feststellte, dass sie meine Wunde nicht verschlimmert, sondern nur das ausgetretene Blut aufgenommen hatte, hörte ich, wie ihr Bruder hinter meinem Stuhl einen Schritt zur Seite machte. Ich drehte mich allerdings nicht um.

Der König erhob die Stimme in einem netten freundlichen Tonfall: «Suger, was denkt Ihr darüber?»

Suger von Saint-Denis, der immer noch zu Boden starrte, reagierte nicht. Aliana schnippte mit den Fingern ihrer linken Hand, und er sah auf. Sein Blick war gefestigt und ernst, was ich sah, als er sich dem König zuwandte: «Mein König, schon seit geraumer Zeit wurde in diesem Raum von Euch beschlossen einen Versuch zu wagen. Am heutigen

Tag hat sich ein entbehrlicher Kandidat gezeigt. Wir vermögen unseren Gedanken damit einen Test zu unterziehen, ohne etwas zu opfern.»

Mir gefiel die Formulierung entbehrlich nicht im Geringsten. Und ich befürchtete, er meinte damit, dass sie nichts opferten, nicht unbedingt, dass ich auch nichts opfern würde.

Der König senkte seine Krone und legte sie auf den Tisch. Befreit von scheinbarer Last dieses Gegenstandes erhob er sich und ging zu einem nahen Fenster, uns allen den Rücken zuwendend. Alle schauten in seine Richtung, was mich kurz überlegen ließ, ob ich dabei nicht entkommen konnte. Allerdings drohte mir sicher endgültig der Tod durch die Jägerin, wenn ich dabei nicht erfolgreich war - und die Chancen standen nicht gut. Davon abgesehen hatte ich das Gefühl keines meiner Glieder bewegen zu können. Der König machte eine Handbewegung ohne sich zu drehen und Fußschritte ertönten hinter mir. Gideon trat zu seinem König.

«Gideon, treuer Diener, lange Jahre hast Du über mein Leben gewacht. Dein Rat ist mir wichtig, wie der Sugers. Sprich frei und teile Deine Meinung mit.»

Ich musste zugeben, dass die Stimme des Königs auch mich einnahm und nach Weisheit klang. Gideon überlegte nicht lange und antwortete ihm: «Mein König, ich unterstütze Sugers Gesuch.»

Der König nickte und sah dabei weiterhin zum Fenster hinaus. Ich hörte ein leises Verschnaufen aus seiner Richtung, dann erneut seine väterliche Stimme: «Aliana, ich werde Dir keinen Befehl erteilen. Unser Anliegen kann dann von Erfolg gekrönt sein, wenn auch Du Deinen Teil leistest, und nur dann. Sprich, ob Du Suger und Gideons Meinung nicht teilst, und lieber heute Blut vergießen willst.»

Plötzlich drehte sich Aliana wieder in meine Richtung, mit demselben Ausdruck, den ich im Lagerkeller wahrgenommen hatte, nachdem es mir gelungen war, ihn unter Feuer zu setzen. Ein abschätzender sehr nachdenklicher Blick aus dem nicht mehr die brutale Tödlichkeit und die unglaubliche Energie sprachen, dafür eine menschenüberdauernde Weisheit. Sie ließ sich sehr lange Zeit mit der Antwort. Ich wusste, dass mein Leben von dem abhing, was gerade hinter ihren Augen geschah. Letztlich sprach sie, dabei hatte sie wieder ihre spöttische Stimme, doch diesmal klang sie in meinen Ohren aufgesetzt. Es war, als wenn sie ihre wahren Beweggründe suchte zu verbergen.

«Ich werde noch einige Zeit auf sein Blut warten können.»

AUSBILDUNG IN DEN KÜNSTEN

Die Abende waren länger geworden, die Nächte schier endlos. Meine Ausbildung hatte begonnen, nach und nach versuchten sie mich in den Künsten voranzubringen - mehr und mehr meine nicht vorhandenen Fähigkeiten zu entdecken. Außer der einen, die ich im Überfluss besitze, sehr im Gegensatz zum sonstigen gemeinen Volk meiner Zeit. Den unabdingbaren Willen zum Überleben. Um so mehr man mich zu Tode prügelte, mit Giften drohte oder mir ins Fleisch schnitt und mein Blut fließen ließ, desto öfter bettelte ich, kroch ich flehend im Schlamm und suchte mich zu verbergen.

Bis langsam aber stetig mein Körper merklich feststellte, dass ihm keine Gnade gewahr wurde und mein Überlebenswille seine gewählte Aufgabe nur auf eine Art erfüllen konnte - indem er lernte.

Aliana sah ich zu dieser Zeit selten und wenn, nur aus der Ferne. Aber ich war mir gewiss, dass ich auch unter ihrer Beobachtung stand. Ich war ihre Beute, die sie zeitweilig einem anderen Zweck zugeführt hatte. Aber wenn ich diesen Zweck nicht erfüllen würde, dessen war ich mir sicher, würde sie mir den Status der Beute erneut zu meinem Leidwesen gewähren. Manchmal glaubte ich ihre Augen im Dunklen aus einem der Turmfenster glitzern zu sehen, aber vermutlich waren es meine Albträume von einer Frau, die mich wie eine Katze die Maus behandelte, welche mich das Glitzern wahrnehmen ließen.

Ein Großteil des Schliffs war dem Gefecht gewidmet. Kampf gegen Menschen. Ich lernte zu diesem Zeitpunkt nichts über Alianas Art, ihre Stärken und Schwächen. Ich denke, die menschlichen Ausbilder hätten dazu nicht einmal etwas lehren können, selbst wenn sie es gewollt hätten. Dafür wurde mir alles über die Schwachstellen von uns Sterblichen beigebracht, soweit sie den damaligen Meistern bekannt waren. Schwerter, Äxte, Bögen, alle möglichen Arten von Waffen - später erst sollte ich auch die unmöglichen kennen lernen. Ich konnte mit allen leidlich umgehen. Mir fehlte die Stärke in den Armen um die Waffen kraftvoll zu schwingen und den Bogen zu spannen. Einen Bihänder, dieses riesige Schwert, vermochte ich nicht einmal hoch zu heben, geschweige denn zu halten.

Ich bekam Reitstunden, zu Beginn machte mir das Spaß, endlich musste einmal jemand für mich arbeiten, und ich lediglich sitzen. Diese Anstrengung hatte ich unterschätzt. Mehrfach dachte ich nach dem Absitzen, mich nie wieder bewegen zu können.

Als das Ausreiten halbwegs klappte, brachte mich einer der Lehrmeister - wie immer mit bewaffneten Begleitern, die wohl für meinen Tod bei einem Fluchtversuch oder ähnlichem meinerseits zuständig waren - zu einem Fluss einige Meilen von der Burg entfernt. Ich wurde dazu verdonnert gegen die starke Strömung anzuschwimmen und versagte prompt jämmerlich. Es war Nachmittag als ich dort ertrank und die drei Bewaffneten ausnahmsweise eine Rettung vornahmen.

Als das Wasser meine Lungen verlassen hatte, und ich wieder Luft bekam, war es mir erlaubt mich kurze Zeit liegend in der Sonne zu trocknen, und ich sah mit einem weit schweifenden Blick auf die endlosen grünen Felder, den nahen Wald und den kraftvollen Wasserstrom. Dann schloss ich die Lider und genoss den ersten Augenblick der völligen Ruhe seit langem. Die Nächte des Schlafs waren für mich nur kurz, wenn überhaupt vorhanden. Entweder quälten mich Albträume oder ich war so erschöpft, dass ich dachte keine Zeit wäre bis zum harten Erwachen durch schmerzvolles Wecken vergangen. Nun aber genoss ich langsam Atem zu holen und die Vögel zwitschern zu hören. Ich fühlte den Wind auf meiner feuchten nackten Haut und die Wärme der Sonnenstrahlen.

In einiger Entfernung beriet sich der Lehrmeister mit den Wachen, er hieß Jean-Jacques Maillefert und war für meine körperliche Entwicklung zuständig. Bislang hatte er versagt. Ich vernahm ihre Worte, jedoch nur unterbewusst und widmete ihnen keine Aufmerksamkeit: «Zum Henker mit ihm. Möge Gott mir verzeihen, aber was zum Teufel kann dieser Sohn zweier räudiger Ratten eigentlich?», fluchte der Lehrmeister - und hatte diesen erregt bis verlegenen Gesichtsausdruck eines gläubigen Menschen, der wusste seinen Schöpfer mit einem gotteslästernden Ausspruch verärgert zu haben.

«Es heißt, er könne überleben. Dazu ist er wohl nicht zu dumm. Kämpft immer dann verbissen, wenn sein Weiterleben davon abhängt. Er ist gut darin Auswege in aussichtslosen Situationen zu finden», erwiderte eine der Wachen und ein anderer fügte dem erbost hinzu: «Ja, falls man Flucht einen Ausweg nennen darf und falls Feigheit als Fähigkeit gilt!»

Maillefert schnalzte mit der Zunge und blickte einige Atemzüge lang in den Himmel. Dann legte sich das wissende, abstoßende Lächeln eines Lehrers auf seine Lippen, und er gab den anderen ein Zeichen.

Ich wurde gepackt, hochgerissen und während ich in weitem Bogen in den Strom flog, rief der Lehrmeister aus: «Er schwimmt oder er stirbt!» Es waren Monate des Lernens. Und wenn man die Wahl hat schneller zu lernen oder schnell zu sterben, so ist man zügig über den Tod hinaus oder man kommt ihm lediglich nahe und erfüllt das Ziel. An dem Tag an dem ich zum ersten Mal ertrunken war, lernte ich nach der kurzen Pause das Schwimmen. Und hatte damit meinen Lehrmeistern einen gefährlichen Weg eröffnet. Einen Weg der mich zwang sehr schnell zu lernen.

Es gab Ausbildung bei Maillefert in den körperlichen Künsten. Am schnellsten rennt ein Mensch, wenn ein wildes Tier, das nach Fleisch giert, hinter ihm läuft. Es gab die schleichenden Künste, hier lernte ich bei Dargasch Gifte zu mischen, meucheln, fesseln und mich zu befreien. Schlösser knacken mit und ohne Giftfallen war eine der leichteren Übungen. Dargasch übertrieb es, als er mich eines Nachts an den Füssen und Händen fesseln und kopfüber in den Rauch eines grollenden Feuers hängen ließ. Die Hitze durchdrang auf Anhieb meine dünne Stoffkleidung und sengte sie an, dazu der stinkende Qualm, der mir die Luft nahm und mir Hustenkrämpfe schenkte.

Anfängliches Geflehe von mir für den Bruchteil eines Augenaufschlages wurde umgehend mit Peitschenhieben belohnt. Ich biss die Zähne aufeinander, schloss die tränenden Augen, die Lider fest zusammen gepresst, versteifte alle meine Muskeln und zwang mich die Hände mit den Fesseln nach unten ins Feuer zu halten, spannte sie dabei seitlich auseinander. Das Seil fing Feuer und riss, was ich spürte als meine Arme wegen der angespannten Muskeln auseinander flogen. Meine Bauchmuskeln - durch das viele Schwimmen trainiert - zogen meinen Oberkörper mit einem Ruck in die Höhe. Ich gab mir mit pendelnden Bewegungen Schwung, während ich mit geübten Fingern die Knoten an den Füßen löste. Der Schwung warf mich ein wenig vorwärts, als sich meine Fessel öffnete. Aber ich bezweifelte, dass der Schubs ausreichte um mich über das Feuer zu bewegen.

Ich kam vor Schmerzen in den Todessekunden nicht zum Nachdenken, aber mein Körper bereitete sich auf eine Sprungrolle durch die Flammenwand vor, als mich im Fallen ein schwerer Schlag von der Seite traf und davon schleuderte. Die Peitsche?

Die Hitze ließ sofort nach, doch ich prallte nicht auf den steinernen Boden des Verlieses - die schleichenden Künste wurden in den Kerkern der Burg gelehrt - sondern wurde beinah sanft zu Boden gelassen. Erst da spürte ich, dass mich etwas hielt und absetzte. Die kalten Steine waren wundervoll, ich schmiegte all meinen Körper an sie und ließ meinen Hustenkrampf frei um den Rauch aus meinem Körper zu verdammen. Dargasch grimmige Stimme erhob sich: «Was ...» als leise Wörter ihm jäh kalt und schleichend wie der Tod selbst ins Wort fielen: «Das reicht Dargasch». Auch ich überhörte die Gefahr dabei nicht, trotzdem der Schmerz meine Gedanken noch immer fesselte.

Niemals sonst hatte ich Dargasch Dominanz um sich dulden erlebt, aber diesmal vernahm ich keinerlei Antwort und hörte sich entfernende Schritte von mehreren Personen. Eine kühle Hand richtete mein Gesicht aufwärts, und ich öffnete die Augen. Aliana kniete neben mir und hatte sich über mich gebeugt. Sie untersuchte meine leichten Verbrennungen, während ich noch dankbar war überlebt zu haben und mich an den kühlen Steinen labte.

«Sind Deine Augen heil geblieben?»

Ich schaute sie überrascht an und überlegte, bis mir einfiel, dass die Antwort ja war, wenn ich sie sehen konnte. Der Versuch dies zu sagen endete in einem Hustenanfall. Sie fasste mit einer Hand meine Schulter und zog mich hoch. Sie wollte scheinbar bewusst sanft wirken, was dazu führte, dass es gröber ausfiel als beabsichtigt. Ihre immense Kraft war göttlich. Ich stand schließlich und wankte noch, hustete ein paar Mal und nickte ihr schließlich zu.

«Ja, ich kann sehen. Habt meinen Dank, mich aus dem Feuer gezogen zu haben. Das ersparte mir die Schmach», ich hustete, «vor Dargasch noch mehr Verbrennungen zu erleiden.»

Sie nickte. Ein paar Atemzüge lang herrschte Stille. Ich nutzte die Gelegenheit sie zu betrachten, hatte ich sie doch seit der ersten Nacht auf der Burg nicht mehr richtig gesehen. Sie trug eine leichte schwarze Lederkleidung mit wenigen silbernen Verzierungen daran, wie Runen, die ich nicht lesen konnte. An ihrer Hüfte lag ein Dolch in seiner ledernen Scheide eng an ihren Beinen. Der Griff war mit einem dunklen Stoff umwickelt, damit er besser in der Hand lag und sich leichter in der Nacht verbarg. Ihre in dieser Nacht ein wenig gelockten Haare wirkten wie Schatten der Finsternis, wie sie vor dem Feuer verharrte, dazu die dunklen Augen. Sie hatte eine ganz kleine Narbe am Kinn, man bemerkte sie nur, wenn man aufmerksam hinsah - Aliana also anstarrte, wie ich dies in diesem Augenblick tat, was mir bewusst wurde, und ich sah verschämt zu Boden.

«Danke», murmelte ich erneut. Ihre Reaktion konnte ich nicht sehen, aber ich hörte wie sie sich wegdrehte und zu den Kerkertreppen ging. «Folge mir.» Auch ihre Befehle klangen niemals aufgeregt oder barsch. Sie waren wie alle ihre Worte präzise und einschleichend. Wie etwas Kaltes das zielstrebig über den Rücken kriecht, und nicht aufzuhalten ist. Etwas dessen Willen man nachkommt, da man weiß wie gefährlich es sein kann, falls man sich ihm entgegensetzt.

AUSBLICK IN DIE NACHT

Wir stiegen die Treppe aus dem Kerker empor, nahmen einen Quergang sowie eine weitere Treppe und gelangten auf den Wehrgang der inneren Burgmauer. Sie schritt wortlos vor mir her, und ich genoss den anmutigen Gang eines tödlichen Jagdtieres, den wiegenden Schritt voller Kraft und Sicherheit. Mich überfiel ein kalter Schauer, als mir ein weiteres Mal das Wort Beute in Sinn kam. Sie musste meine plötzliche Gänsehaut spüren, abrupt drehte sie sich mit gierigen hungrigen Augen um und starrte mich kurz an. Dabei sah sie mir nicht in die Augen. Sie begutachtete meine Wenigkeit wie ein Stück Fleisch auf dem Teller, oder der Metzger das Vieh vor dem Schlachten.

Ich konnte nicht verhindern, entsetzt zurück zu starren, aber sie riss sich zusammen, wandte sich wieder und ging weiter als wäre nichts geschehen. Es schien fast, als hätte meine Angst sie erschreckt. Ich brauchte einen Moment länger um mich zu fangen. Ein paar Wachen näherten sich uns, grüßten respektvoll - nicht mich - und gingen eilig weiter, so dass wir rasch diesen Teil der Mauer für uns allein hatten.

Obwohl ich die Wachen nicht gerade freundlich in meinem Herzen trug, war ich nicht der Ansicht, dass einsame Zweisamkeit mir Gefallen bot. Sie trat an die Zinnen in der Mauer und ließ den Blick vom äußeren Bereich der Burg - in dem unter anderen der Hof für die Aufmärsche der Ritter lag - gen Nachthimmel schweifen.

«Heute ist eine besondere Nacht. Der Mond erstrahlt in seiner vollen Blüte. Und es ist ein wichtiges Datum für einige meiner Art. Das wirst Du auch noch erfahren. Für heute reicht es, diese Nacht wie einen Eurer Feiertage zu betrachten».

Die Aussprache von «Euer» klang spöttisch.

«Du warst fleißig wie ich vernommen habe, wenn auch nicht freiwillig. Dennoch soweit, dass Dein Blut mir wohl für die nächste Zeit nicht als Nahrung dienen wird», sprach sie kühl zu mir.

«Du wurdest ausgebildet in den körperlichen Künsten, den Künsten des Kampfes und denen des Schleichens. Du wirst noch die Künste des Hofes und vor allem die der Nacht erlernen, während Du die anderen weiter vervollständigst.»

Ich blieb schweigsam, und wann immer ihr Blick mich streifte, senkte ich eilig den Kopf. Ich wollte sie nicht mit einem unabsichtlichen Augenaufschlag provozieren und um ehrlich zu sein, ich hatte Angst wieder die Panik zu spüren, wenn ich in ihre Augen sah.

«Es ist an der Zeit Dir zu sagen, wofür Du lernst. Später wirst Du weit mehr erfahren, aber den Kern der Sache möchte ich Dir jetzt schon offenbaren. Dazu entschloss ich mich, da ich Kunde bekam, wie viel Tode Du bereits beinah gestorben wärst und wie erstaunlich rasch es Dir gelang, immer wieder zu Überleben. Wenigstens sollst Du erfahren, wem Du dienen wirst. Auch falls es nicht mehr ausrichtet», sie grinste plötzlich und mir gefror das Herz, aber ich glaube im Nachhinein nicht, dass sie es bösartig meinte, «als dass Du noch weiter von Angst und Entsetzen getrieben wirst. Ich verliere ohnehin nicht. Im für Dich schlimmsten Fall gewinne ich Dein Blut.»

Ich fuhr vor Schrecken zusammen und wich zurück. Sie sah es, als sie sich zur mir wandte und zwang sich prompt zu einem beruhigenden Gesichtsausdruck: «Bleib, Dir droht keine Gefahr. Ich wollte Dich vorbereiten auf das was ich zu sagen habe. Aber gerate nicht in Panik. Deine Aufgabe soll sein, an meiner Seite zu dienen und mir von Nutzen zu sein. Ich bin ein Wesen der Nacht, sehr mächtig und gefährlich, wie ich Dir sicherlich nicht erläutern muss. Allerdings bleibe ich ein Wesen der Nacht. Du sollst meine Hand bei Tag sein. Du wirst mit mir für den König streiten, andere Wesen wie mich treffen und an meiner Seite weilen. Noch musst Du nicht wissen, was wir für Wesen sind, aber ich werde Dich dennoch in Grundzügen aufklären. Wir sind Geschöpfe der Dunkelheit, im mehrfachen Sinne. Wir sind nicht dem Tod geweiht, was bedeutet, dass uns Unsterblichkeit gegeben ist. Wir ernähren uns von Blut, was nicht zur Folge haben muss, dass wir sinnlos morden, aber dennoch sind wir tödliche Jäger, denn nach Blut giert es uns und der Trieb wächst, wenn wir ihm nicht nachgeben. Aber wie auch Du habe ich Kontrolle, wann ich was als Nahrung zu mir nehme, wenn ich nicht ausgelaugt und verhungert bin. Dies bedeutet, solange Du Dich nicht als Feind darstellst, und Dir ein Platz an meiner Seite durch König Ludwig bestimmt ist, wird Dein Blut nicht in meinen Mund fließen. Ich wollte, dass Du dies weißt.»

Sie starrte mich an, auf eine Reaktion wartend. Ich nickte irgendwann. Sie entließ mich und wünschte mir eine friedliche Nacht, dabei erwähnte sie, dass mit ihrer Erlaubnis diese Nacht für mich Ruhe bedeuten würde und keine weiteren Übungen. Ich sollte in meine Kammer gehen - ein Raum nahe der Kerker, welcher mir zugeteilt war. Kurz vor dem Gehen stellte ich mit allem Mut, den ich zusammenreißen konnte, eine Frage: «Wie nennt man Euch Geschöpfe?»

Als ich das Wort vernahm, rannte ich bereits fort - die Angst machte mir Beine. Das Wort beschäftigte mich die ganze Nacht, ich hörte die Silben immer wieder in meinem Ohr: «Vampire».

DIE KUNST DES HOFES

Die weitere Ausbildung schritt voran. Zu den bekannten Künsten, die stets erweitert und geschärft wurden, kamen die Künste des Hofes. Von den Künsten der Nacht, die Aliana erwähnt hatte, hörte ich nichts. Die Regeln des Hofes sind viele an der Zahl, deren Sinn mir niemals geläufig wurde. Einige wenige konnte ich akzeptieren, andere nahm ich letztlich einfach als gegeben hin. Suger von Saint-Denis selbst, der Berater des Königs übernahm diese Ausbildung, nachdem ich die Grundregeln von anderen Meistern erlernt hatte - ja, selbst wie man sich ordentlich wusch und pflegte meinte man mir zeigen zu müssen.

Suger war als Kind in die Abtei von Saint-Denis gekommen, dort lernte der den späteren König Ludwig kennen. Er wurde von den Zisterziensern mit Aufgaben der Diplomatie beauftragt, welche ihn in die Fürstenhäuser Frankreichs, an zahlreiche Höfe und sogar zum Vatikan führten. Diese Referenzen befähigten ihn König Ludwig als wertvoller Berater dienen zu können. Er wusste vieles zu berichten, Politik, Machtgehabe und geschickte Verhandlungsweise, all das war ihm kein bisschen fremd.

Der Unterricht bei ihm war am wenigsten fordernd. Mir drohte dabei nie der Tod und außer zuzuhören keine Anstrengungen. Zuhören selbst war bei meiner chronischen Müdigkeit nicht leicht, aber außer einigen Schlägen mit dem Rohrstock passierte nichts. Suger versuchte sein Bestes mir immer wieder einzuschärfen, dass die Kunst des Hofes über den anderen stand, denn hier drohte die eigentliche Gefahr, aber wenn man Geschichten vernimmt und dem Tod nicht in die Augen sieht, wirkt dies nicht glaubhaft.

Außerdem unterschieden sich seine Lebens- und Verhaltensregeln dermaßen von denen meiner Erfahrungen, dass ich oft dachte, er hätte ein verklärtes Bild von der Welt.

Suger wollte darüber hinaus mehr über meine Fortschritte im Gesamten erfahren, so glaube ich. Stets wachte bei seinen Monologen, wie man Dinge zu tun hatte, sein Blick über mich. Er schien mich zu betrachten und in mein Inneres eindringen zu wollen. Ich weiß nicht, ob es ihm jemals zu seiner Zufriedenheit gelungen ist.

RITT INS UNGEWISSE

Wir waren bei Beginn der Dämmerung vom Hof aufgebrochen und ritten auf Pferden durch die festgetretenen Wege der Landschaft. Ich folgte Aliana, die nicht auf ihrem mächtigen Streitross saß, auf dem ich sie in der verhängnisvollen Schlacht gesehen hatte, sondern auf einer schwarzen leichtfüßigen Stute, die auf mich außergewöhnlich wendig und reaktionsschnell wirkte. Bereits vor dem Start des Rittes war sie so mit Energie geladen gewesen, dass die Knechte sie kaum halten konnten. Im Gegensatz zu Alianas ruhigem Streitross, dessen Beherrschtheit in der Schlacht nicht verzichtbar war, handelte es sich bei dieser Stute um eine Furie.

Ich saß auf meinem Rappen, den ich bereits aus meinen Reitstunden kannte. Er hatte teils Schwierigkeiten Aliana zu folgen, da er einfach nicht für solche Geschwindigkeiten ausgelegt war. Irgendwann hatte Aliana wohl ein Einsehen und zügelte fortan ihr Tier. Letztlich gelang es mir sogar aufzuschließen.

In diesen Tagen war mein Respekt zu Aliana gleich zu setzen mit Furcht, entsprach aber nicht mehr meiner Panik, als ich ihresgleichen kennen lernte. Doch noch immer fiel es mir schwer sie anzusprechen, da es mir nicht gelang, ihre Reaktionen vorher zu bestimmen.

Aber ich wusste, dass mir in ihrer Nähe keine unmittelbare Gefahr mehr drohte. Ich schaute sie einige Zeit mit einem nachdenklichen Seitenblick an, bis sie mich ansprach und deutlich machte, dass sie dies bemerkt hatte. Ihr Gesicht blieb auf den Weg gerichtet: «Warum starrst Du, Hilo?»

Ich schwöre, dies war das erste Mal, dass sie meinen Namen aussprach, zumindest in meinem Beisein - davon abgesehen, dass es sich nicht um meinen Namen handelte, sondern das erste, was mir damals auf die Frage eingefallen war.

«Entschuldigt», murmelte ich nervös und zwang mich nach vorn zu sehen. Sie blieb hartnäckig, aber sanft im Ton.

«Sprich frei», kam es teils wie eine Aufforderung, teils wie ein Kommando aus ihrer Richtung. Ich zuckte auf meinem Sattel und für einen Augenblick drohte sich meine Nervosität auf meinen Rappen zu übertragen, bis ich mich zusammenriss.

«Ich überlegte, wohin Ihr mich führt.»

Sie lachte, aber es klang nicht, als wenn sie sich über mich lustig machte und spottete, sondern erfrischend und beruhigend: «Da obliegt mir dergleichen alte Weisheit, und ich kann Eure Blicke noch immer nicht deuten. Ihr Sterblichen seid undurchschaubar», ihr Lachen klang zu einem Kichern ab. «Was denkst Du denn, wohin ich Dich zu führen vermag?»

Ich schaute zu ihrer jugendlichen Schönheit und grübelte, was sie mit alter Weisheit gemeint hatte, bis ich ihr antwortete. «Ein weiterer Test», tat ich meine Gedanken kund. Sie schüttelte sogleich angenehm sanft den Kopf: «Nein, nicht wie Du Dir einen Test vorstellst. Allerdings könnte von dem Folgenden Dein Leben abhängen».

Da dies in der letzten Zeit keine Neuigkeit darstellte, nahm ich es ohne einen Schauer zur Kenntnis, «Denn Du wirst jedes meiner Worte blind befolgen müssen, damit Dich der Tod nicht holt.»

Und als wenn es ihr dieses Mal gelungen wäre meine Gedanken zu lesen, fügte sie hinzu: «Und mit Tod meine ich nicht mich».

Wir ritten ein weiteres Stück, bis sie sich zu etwas durchgerungen hatte, sich hinüber lehnte, meine Zügel griff und beide Pferde stoppte. Sie schaute mich tief an, starrte so lange, bis sie sicher war, dass ich den Blick nicht nur erwiderte, sondern sie meine absolute Aufmerksamkeit hatte. Ich fühlte keinen Zauber auf mir, lediglich ihre ernsten Augen, als sie eindringlich sprach: «Vertraue mir».

Als wenn dies uneingeschränkt zu viel verlangt wäre, fügte sie noch einen Hauch leiser hinzu «für heute und morgen Nacht».

Ich erwiderte den Blick, bis mir klar wurde, dass sie auf eine Reaktion wartete. Da zog ich meine Lippen zu einem Lächeln zusammen und schenkte ihr ein Nicken. Sie ließ meine Zügel los und trieb ihre Stute wieder an, aber blieb langsam genug, dass ich mich zügig wieder neben ihr befand und mithalten konnte. Sie blieb still. Ich jedoch hatte zu viele Fragen im Kopf, mindestens eine musste heraus: «Wohin reiten wir denn?»

«Heute in ein kleines Dorf einige Reitstunden entfernt im Westen. Dort warten Freunde.»

Fast wirkte sie auf mich erfreut, dass ich eine Frage gestellt und damit das Schweigen gebrochen hatte.

«Freunde?»

Sie verstand worauf ich hinaus wollte: «Vielleicht nicht für Dich Sterblichen, aber sie und ich sind verbunden. Aber stell die wichtigen Fragen, solange ich nicht müde bin zu antworten», gab sie mir zu verstehen. Von der Seite sah ich sie lächeln. Ich nahm meinen Mut zusammen. «Das was Ihr seid ...», schluckte ich, unsicher, ob ich die Frage stellen durfte, und ob ich die Antwort hören wollte. Sie bewegte ihre Hand in einer Geste fort zu fahren: «... das nennt man Vampir?»

Ich befürchtete sie zucken zu sehen, sich verwandeln oder sich wütend auf mich stürzend. Aber sie antwortete lediglich ohne Umschweife: «Ja, Vampire nennt man uns, und das ist es was wir sind. Verflucht zur Unsterblichkeit.»

Zugegeben, für einen jungen Mann wie mich, der nicht zählen konnte und nichts über die Weltgeschichte wusste, bedeute Unsterblichkeit nicht allzu viel. Für mich sagte es bloß aus, dass sie länger leben würde als ich. Und das schien für mich nicht sonderlich verwerflich. Aber noch lag unser Alter sichtlich nicht weit auseinander, wenn ich sie so betrachtete.

«Und Ihr ernährt Euch vom Blute?», ging ich über ihre Antwort hinweg und weidete meine schlimmsten Gedanken in Traumbildern.

«Im weitesten Sinne. Blut mehrt unsere Macht, es ist die Quelle unserer Kraft. Euer menschliches Blut birgt aber nicht viel Kraft. Blut reift über Jahre, das Blut eines unsterblichen Vampirs, der entweder selbst Jahrhunderte existiert oder solches Blut in sich vereint, beinhaltet weit mehr Kraft.»

Ich kannte die Bedeutung von Jahrhunderten nicht, fragte aber nicht nach.

«Warum wurdet Ihr verflucht?»

Sie tätschelte beruhigend ihre Stute, bevor sie mir antwortete: «Grauenvolle Taten an Heiligtümern zu begehen hat die Macht einen Menschen zu verfluchen. Er wird durch das Sakrileg zum Vampir.»

Mittlerweile hatte ich bei dem Burgvolk - die allerdings nichts wirklich wussten - Gerüchte aufgeschnappt und hakte ein: «Aber das Volk sagt, Vampir wird man durch einen Biss?»

Aliana sah hinauf in den Nachthimmel und betrachtete den Mond zwischen den schicksalsschweren Wolken. Beiläufig murmelte sie: «Morgen Nacht ist Vollmond» bevor sie meine Frage beantwortete: «Auch das ist richtig, Bluttausch macht einen Menschen ebenfalls zum Vampir, weitaus öfter als das andere. Aber in der Glaubensentweihung liegen unsere Ursprünge, Hilo. Egal welcher Glauben, handelt ein Mensch der glaubt gegen seinen Glauben und begeht ein Sakrileg gegen die Wurzeln dieses Glaubens, wird er verflucht. Die Urahnen der Vampire schufen dadurch unabsichtlich unsere Art. Ein Biss reicht ein wenig der auf den Vampir geladenen Schuld weiter, sie wird aber nicht weniger. Der Mensch wird dann verflucht, wenn er auch freiwillig vom Blut des Vampirs trinkt. Willentlich das Blut eines Vampirs zu nehmen, wenn dieser es einem schenkt und vorher von dem Menschen trinkt, der Bluttausch oder auch die Besiegelung der Nacht genannt, bedeutet auf ewig den Fluch auch auf sich zu ziehen», mir fröstelte bei dem Gedanken, «und die Schuld wird dadurch vergrößert. Nicht geteiltes Leid ist halbes Leid.»

«Magst Du mit mir Blut tauschen zur Besiegelung der Nacht, Hilo?»

Es dauerte eine Weile bis ich verstand, dass sie scherzte, Sarkasmus war dem gemeinen Volk meiner Zeit oft fremd, und ich lachte kümmerlich. Wir ritten mehrere Stunden schweigend und hingen jeder den eigenen Gedanken nach. Ich musste dazu gegen Müdigkeit ankämpfen und hatte Probleme, nicht auf meinem Pferd einzuschlafen. Aliana schien Schlaf nicht zu vermissen, sie gähnte nie. Die Zeit verging langsam.

Bald würde der Morgen grauen. Wir waren wieder schneller unterwegs, Aliana wollte sicherlich kein Risiko eingehen. Eines wusste ich bereits, ihrer Art Feind war das Sonnenlicht. Ich war ausgelaugt und erschöpft vom Ritt, von den vielen Gedanken, die mein untrainiertes Hirn belasteten und vom Hunger, denn Aliana hatte keine Anstalten gemacht eine Pause einzulegen, und ich hatte nicht mehr gefragt. Die Wälder durch die wir geritten waren, hatten bei mir allerdings einen so einschüchternden Grusel verursacht, dass ich ungern stehen geblieben wäre.

Die letzten Bäume hatten wir bereits vor Minuten passiert, nun lagen riesige bewirtschaftete Felder an den Flanken des Weges, die der Mond beschien. Schemenhaft drückten sich die Häuser vom Horizont ab, und wir erreichten ein Dorf. Unsicherheit, ob dort Gefahr vor uns lag, oder ich mich endlich auszuruhen vermögen würde, breitete sich aus. Alianas Stute - ich hatte ihren Namen Thasha aufgeschnappt, als Aliana ihr beruhigend zugeflüstert hatte - dachte nicht daran langsamer zu werden, sondern stürmte noch schneller, und Aliana ließ ihr die Zügel. Ich folgte. Wir ritten durch die wenigen Straßen, bogen an einer Kreuzung in dem kleinen Dorf links ab und verließen die Behausungen der Menschen wieder, um ein Stück hinter dem Dorf rechts in ein Gehöft abzubiegen. Hier mussten Bauern leben. Es gab mehrere Ställe für Tiere, eine Scheune, ein Haupthaus.

Die Umgebung vorsichtig betrachtend, bemerkte ich zuerst die Gestalten nicht, die uns umgaben. Sie waren schwer auszumachen, trugen allesamt schwarze Umhänge und standen in einem Kreis um uns, der sich langsam schloss. Eine kleine Gruppe, wie Finger und Daumen an einer Hand.

Ich wurde sehr nervös auf meinem Rappen und achtete auf jedes Zeichen von Aliana, aber keines kam. Einer trat zu Alianas Stute, und sie sprang ab und reichte ihm die Zügel. Er nahm sie aus ihrer Hand entgegen und verbeugte sich. Ein anderer trat vor sie, verbeugte sich ebenfalls und sprach: «Seid gegrüßt, Prinzessin. Es ist mir eine Ehre Euch empfangen zu dürfen.»

Ich sah nicht, wie Aliana reagierte, sie stand mit dem Rücken zu mir und es war noch dämmrig. Jedenfalls gab sie mit keinem Wort eine Erwiderung auf die Anrede, die mich mehr als verblüffte. Schließlich bemerkte ich, dass sie miteinander flüsterten, und der Mann schritt ihr den Weg weisend fort, sie folgte ihm langsam, als er zu einer der übrigen Gestalten meinte «Bringt ihn in die Scheune mit den Pferden!»

Ich sprang halbwegs elegant von meinem Reittier und streichelte beruhigend über seinen Hals. Dies kam auch mir zugute, denn wenn ich mich schon nicht an Alianas Nähe gewöhnt hatte, dann erst recht nicht an diese dunklen Gestalten. Fast wünschte ich mich wieder an ihre Seite. Wie eindringlich der Wunsch auch nach Konstanz in der Dunkelheit sein kann.

Die Gesichter der Fremden lagen wie Schemen verborgen unter den Kapuzen ihrer Umhänge. Ich ließ mir keinen Unmut anmerken, versuchte dies und trat zu ihnen, fest die

Zügel meines Rosses ergriffen. Der Mann der Thasha hielt, trat neben mich, und ich vernahm ein leises «Folgt mir, der Herr» und ging ihm nach in die Scheune. Es war das erste Mal, dass man mich mit einer Aufforderung beinah höflich angesprochen hatte und ungesehen runzelte ich die Stirn. Wir erreichten die Scheune, er brachte die Pferde in eine abgetrennte Kammer und verließ mich, die Tür hinter sich schließend.

Ich atmete auf, im Inneren der Scheune ohne Licht hatte ich ihn noch schlechter erkennen können und fühlte mich daher allein wohler. Ich verbrachte die erste Zeit bei den Pferden, rieb sie sorgfältig mit Heu ab, zeigte ihnen die Wasserbottiche, die man ihnen hingestellt hatte - für mich gab es nichts - und flüsterte den Tieren aufmunternde Sätze zu, die unterbewusst an mich selbst adressiert waren. Alianas Stute hatte der lange Ritt anscheinend doch Kraft geraubt, sie war verhältnismäßig zutraulich - immerhin stieß sie mich nicht weg. Dennoch, reiten würde ich auf ihr nicht können.

Mittlerweile musste der Morgen begonnen haben, auch in der Scheune wurde es heller. Es ging mir sichtlich besser, ich fühlte mich sicherer. Als alles in Sonnenlicht getaucht war, öffnete ich vorsichtig die Scheune und trat hinaus. Ich sah einige Männer und Frauen auf den Feldern, die den Hof umgaben, arbeiten. Keine Ahnung was Bauern an einem Herbstmorgen taten, ich war innerhalb von Städten aufgewachsen. Auf dem Hof selbst war es still, auch vom Haupthaus drang kein Geräusch.

Ich genoss die Morgenluft, den Tau, der alles überzogen hatte und die angenehme Wärme der Sonne, die sie noch vom gerade erst vergangenen Sommer geerbt hatte und schlenderte um den Hof herum. Aus den Ställen drangen Tierlaute, ich glaubte jemanden leise von dort reden zu hören und entschloss mich sicherheitshalber jeden Kontakt zu vermeiden. Weiter in der Ferne erwachte das Dorf.

Warum war ich an diesem Tag nicht geflohen? Ich denke, ich war bereits assimiliert worden, hatte Zutrauen gefasst, ohne dies zu wissen. Und da war etwas Weiteres, aber davon würde ich erst weit später erfahren, habe ich doch die Ausmaße heute immer noch nicht vollständig erfasst.

VERSAMMLUNG

Mein neues Leben an Alianas Seite hatte begonnen. Für immer war etwas eingetreten, dass der Junge, der ich einst gewesen bin, niemals geahnt hätte. Und selbst an diesem Tag war mir unklar, wie wahr «für immer» sein sollte. Ich hatte gehört, dass diese Unsterblichen der Nacht diese Gabe nicht als einen Segen betrachteten. Für sie bedeutet der Ausschluss vom Tod einen Fluch, der sie schlimmer nicht hätte treffen können. Ein Schlag Gottes. Ein Schlag, von dem sie sich niemals erholen würden. Ja, ich hatte dies gehört. Aber verstehen konnte ich diese mächtigen Wesen nicht, besaßen sie doch die Kleinigkeit, die sich jeder Mensch wünschte, zumindest dachte ich dies. Unsterblichkeit.

Heute war eine besondere Nacht. Meine Ausbildung war sicher nicht beendet, wie Aliana mir eingeschärft hatte, als sie mir erläuterte, dass ich für die nächsten Tage keinen Meister mehr sehen würde. Aber mein Training hätte einen neuen Maßstab erreicht. Aliana meinte zu mir, dass sie selbst an der Reihe war mich zu lehren, und dass sich mir damit eine neue Kunst offenbaren würde.

Der Tag war schnell vergangen. Ich war einige Zeit meinen Gedanken nachhängend ein wenig durch die Gegend geschritten, hatte mich aber schnell trotz des Tageslichtes zur Ruhe begeben. Wer weiß was die Nacht barg, und ich wollte voller Kräfte sein, wenn ich schon nicht viele besaß. Immer musste ich daran denken, dass Aliana gesagt hatte, unser Menschenblut würde nicht viel Kraft tragen. Wie unvorstellbar musste die Macht dieser Wesen sein? Waren sie es nicht, die aus unserer Sicht Götter waren?

Aliana selbst weckte mich, als es Abend wurde. Ich öffnete die Augen, als sie mich leicht durchrüttelte und blickte sie aus dem Stroh hinweg an. Ihre Augen waren klar, und sie schien es eilig zu haben: «Sieh nach meiner Stute, aber eile, danach kommst Du hinaus in den Hof.»

Ich kam der Bitte oder dem Befehl nach, bei Aliana war ich mir immer noch unsicher und prüfte, ob es Thasha an nichts mangelte. Danach nahm ich meinen Beutel mit den letzten Lebensmitteln die ich bei mir trug und trat in den Hof. Zwei der Gestalten aus der gestrigen Nacht standen wie Krieger mit Aliana vor einer pompösen Kutsche, deren kunstvolle Beschaffenheit mich einschüchterte. Ich blieb vor der Scheune stehen, bis Aliana mich leise rief. Die Krieger musterten mich nicht, einer von ihnen meinte in einer rauen Stimme: «Wir werden hinter Euch reiten, Prinzessin», und verbeugte sich, so gut es in seiner Metallplattenrüstung ging, vor meiner Herrin.

Aliana winkte sie beiseite und die beiden gingen erstaunlich leichtfüßig zu ihren Pferden, als würde das Gewicht der Rüstung nicht auf ihnen lasten. Ich starrte Aliana erneut an, es machte mir wirklich Sorgen, dass alle hier sie mit diesem Titel anredeten. Aliana trat nahe an mich heran und erst dachte ich, sie würde mich schlagen, als sie etwas Stroh von meinem Oberteil zupfte: «Du sollst doch die Kutsche nicht beflecken». Dabei zeigte sie mir ein Lächeln, wie ein geheimes Zeichen nur für mich. Ein Mann in schwarzer eleganter robenähnlicher Kleidung schritt an uns vorbei, verbeugte sich dabei vor Aliana und nahm dann

Posten vor der Kutsche ein. Gleichzeitig ritten zwei weitere gepanzerte Gestalten herbei und hielten mit ihren Pferden bei der Mündung des Weges in den Hof an.

Jetzt erst fiel mir auf, dass Aliana nicht mehr ihre lederne Kleidung trug, sondern ein schwarzes eng anliegendes Kleid, das zum Hals einen dichten Kragen hatte. Vermutlich aus diesem teuren seltenen Stoff namens Seide. Ich hatte darüber einmal die Geschichte gehört, dass sie aus den Kokons von besonderen Raupen gemacht wurde, von denen Mönche vor Hunderten von Jahren ein Paar Exemplare aus einem fernen Land trotz drohender Todesstrafe herausgeschmuggelt und dem byzantinischen Kaiser gebracht hatten. Noch heute wurde alle Seide des Abendlandes aus den Kokons der Nachfahren diesem ursprünglichen Paares gewonnen.

Aliana klatschte zu meiner Verwirrung in die Hände, bis ich bemerkte, dass es ein Kommando für alle anderen war, und der Mann die Tür der Kutsche grazil aufmachte und für Aliana offen hielt, die geschickt die hohe Distanz zum Boden überbrückte und einstieg. Der Mann nickte mir zu, als ich weiterhin nur zögernd herumstand, und ich folgte ihr, wie gewohnt ein wenig tollpatschig hineinkletternd. Niemals zuvor hatte ich das Innere einer Kutsche gesehen. Die Tür schloss sich hinter mir, und es dauerte nur zwei Atemzüge, bis es ruckte, ich mich krampfhaft in den viel zu weichen Polstern der Innenbänke festhielt und die Kutsche losfuhr. Aliana konnte ein amüsiertes Schmunzeln nicht verbergen. Schließlich meinte sie: «Sollen wir Dich vielleicht in Ketten legen?»

Ironie lernt man nicht an einem Tag. Ich sah sie völlig verständnislos an und fragte mich, was ich falsch gemacht hatte. Sie kicherte fröhlich: «Ich meine, damit Du nicht hinausfällst. Beruhige Dich, es wird eine angenehme Reise, die bald vorbei sein wird. Es ist standesgemäß, dass wir nicht vorreiten sondern uns eine Kutsche bringt.»

Irgendwann hielt die Kutsche an, doch Aliana winkte ab, als ich nervös aufstehen wollte: «Wir sind noch nicht am Ziel, bloß ein Fluss.»

«Müssen wir schwimmen?», fragte ich. Aliana schüttelte den Kopf. Sie setzte zu einer Erklärung an: «Heute beginnt Dein Unterricht in den Künsten der Nacht. Es wird Zeit, das erste Wissen über meine Art zu erlernen. Vergiss nichts davon jemals, es könnte Dein Leben retten.»

Ich nickte beflissen ihr zu verdeutlichen, dass ich aufmerksam zuhören würde um begierig endlich vielleicht Antworten auf unausgesprochene Fragen zu bekommen.

«Kein Vampir kann sich selbst über fließendes ungebändigtes Wasser begeben. Es ist uns nicht vergönnt dieses Symbol des Lebens frei zu passieren.»

Erstaunt sah ich sie an: «Wie kommen wir über den Fluss?», woraufhin sie zum Fenster in der Tür der Kutsche zeigte. Der Kutscher hatte abgesessen, und als ich mich herauslehnte, bemerkte ich, wie er die Pferde der beiden vorderen Reiter mit ihnen tatenlos darauf sitzend über die Brücke führte. Ich sah zurück zu Aliana: «Die Ritter sind Vampire?»

Sie nickte. Die Kutsche setzte wieder an zu fahren, und wir überquerten die Brücke, Aliana hielt dabei die Augen geschlossen. Ich wusste nicht, ob dies einen besonderen Grund hatte. Danach hielten wir wieder an, der Kutscher half den beiden letzten Rittern über das Wasser.

«Sie sind Vampire», setzte Aliana an, wie um mich eine weitere Lektion zu lehren. «Wie ich und doch anders.»

«Es sind Männer?», riet ich naiv. Ihre Mundwinkel zuckten belustigt: «Ja, dass wohl auch, wobei ich es nicht geprüft habe. Unter den Helmen könnten sich auch Frauen verbergen.»

Wie Recht sie hatte, war sie doch auch in meiner letzten Schlacht gewesen.

«Ich meinte nicht ihr Geschlecht, Hilo. Ich meine ihre Herkunft. Es gibt Vampire verschiedener Herkünfte. Wir haben nicht alle denselben Urahn, der den Fluch auf sich geladen hat, sondern es gibt parallele Stränge, einige älter, andere jünger. Unsere speziellen Kräfte unterscheiden sich, je nachdem welchen Fluch wir in uns tragen, also welchem Strang wir angehören. Man sagt die Herkunft entscheidet den Spielraum der Macht, die Machtlinie. Jede Herkunft bringt ihre Stärken und Schwächen. Diese Ritter dort draußen sind von einer jüngeren Herkunft, vor nicht langer Zeit geboren», sie sinnierte einen Augenblick. «Nicht so mächtig, wie unsere älteren Stränge, noch nicht. Eigentlich gehören sie nicht zu meinem Haus, zu meiner Familie, aber sie wurden uns überstellt. Es sind Blutmeister, ihnen obliegt die Kraft Rituale mit dem Saft des Lebens durchzuführen. Mehr wirst Du in Zukunft erfahren.»

Ich dachte über ihre Worte nach, einige Zeit später setzte ich zu einer Frage an: «Und Ihr, meine Herrin? Was ist Eure Herkunft?»

Ihre Lippen wurden schmal. Herkunft, Fluch, Urahn. Das alles bedeutete für sie dasselbe. Sie antwortete mir mit leichter Stimme: «Ich bin eine Schattengängerin.»

Sie schaute still zum Fenster der Kutsche heraus, und ich überließ sie und mich unseren jeweiligen Gedanken. Die Nacht wurde dunkler.

Wir erreichten unser Ziel, eine Festung - kleiner als die Burg des Königs. Dazu überquerten wir eine Zugbrücke, ich lernte, dass stille Gewässer eines Burggrabens Alianas Art nicht stören, und wir hielten im Innerhof. Mehrere unterwürfige Bedienstete, junge Frauen, umgaben schnell das Reisegefährt und hielten Aliana die Tür auf, sich fast bis zum Boden verneigend. Sie trugen rote Umhänge, wie eine Art Mönchsrobe.

Bevor Aliana ausstieg, wandte sie sich zu mir: «Die Künste des Hofes hast Du absolviert, jetzt wird es Zeit das Gelernte umzusetzen. Aber hab Acht, denn dies ist ein Hof der Dunkelheit, meiner Welt. Ein Menschenleben zählt hier nichts, und Du hast nur dank mir ein Recht Dein Blut zu behalten. Ich werde für Deine Sicherheit sorgen, berufe Dich bei Gefahr immer und ausschließlich auf mich! Erwähne niemals einen Namen der Sterblichen, wir dulden deren Macht hier nicht. Tritt nun vor mir aus der Kutsche, knie daneben nieder und verneige Dich vor mir. Danach folgst Du mir im kleinen Abstand. Und schaue niemandem in die Augen!»

Schließlich zog sie etwas Goldenes neben sich aus einer versteckten Klappe im Rahmen der Kutsche. Sie legte mir eine glänzende Kette um den Hals, mit einem Medaillon und einem Symbol darauf, dass ich nie zuvor gesehen hatte, dass aber Ähnlichkeit mit dem Zeichen auf ihrem Banner hatte. Weit später in der Zeit würde ich lernen, dass sein Ursprung im fernen Ägypten lag. Das Symbol bestand aus einer Art Sonne, um die sich eine Schlange wand, die verwirrenderweise Flügel trug.

«Verliere das nicht und trage es sichtbar», mahnte sie mich und schickte mich hinaus. Eingeschüchtert tat ich wie mir befohlen und hielt den Kopf dabei gesenkt zu Boden. Wie eine dunkle Göttin trat sie kurz danach in die Nachtluft und Stille empfing sie ehrfürchtig. Plötzlich eine bekannte Stimme: «Aliana, Schwesterherz, mein Blut hat sich bereits nach Dir verzehrt.»

«Bruder, als wenn Du nicht sehr genau wusstest, wann ich eintreffen würde. War Dir die Nacht freudig, und Dein Anliegen von Erfolg gekrönt?»

Gideons Stimme tönte jung, klug und wirkte auf mich berauschend, während Alianas leiser aber bestimmter Tonfall wie immer betörend klang. Mein Herz schlug schwer wenn sie sprach.

«Alle Vorbereitungen sind abgeschlossen. Die Familie freut sich bereits», antwortete er, und sie erwiderte: «Und es freut mich, dies zu vernehmen. Führst Du, werter Bruder, mich herein?»

Ich hob den Kopf wenige Haaresbreiten und sah, wie sie ihren Arm bei ihm einhakte, und Gideon sie vom Innerhof zu einer breiten Steintreppe führte. Ihnen respektvoll folgend sah ich den Eingang in das Innere der Festung und Diener, die an der Treppe postiert mit Fackeln den Weg leuchteten. Die Ritter unserer Eskorte standen auf ihren Pferden weiterhin bei der Kutsche wie eine Ehrenwache.

Weitere ähnliche Ritter standen am Eingang zur Burg und auf der Wehrmauer, wie ich vorsichtig aus dem Bild an den Augenwinkel erahnte. Die Ritter auf den Pferden trugen das Zeichen meiner Kette eingraviert auf dem Brustpanzer, kam mir die Erinnerung in den Sinn, als ich beim Näherkommen sah, dass auch diese neuen Ritter ein Zeichen auf der Brustplatte trugen. Ich konnte es nicht deuten, aber es handelte sich um ein Kreuz mit gleich langen Balken, die an den Enden verbreitert waren. Ein Tatzenkreuz, wie es zu späterer Zeit genannt werden würde.

Gideon führte Aliana in das Innere, über einen mit einem riesigen Läufer ausgelegten Flur in eine große Eingangshalle, Treppen von links und rechts führten dort hoch zu einer Empore, die oben um die Halle lief. Viele Damen in den teuersten und atemberaubendsten Kleidern, die ich jemals betrachten konnte und Männer in feierlichen zeremoniellen Rüstungen befanden sich in diesem großen Raum. Vereinzelt blitzten die beiden Symbole auf - mal an einer Kette, dann auf einem Brustpanzer oder auf Schildern und Bannern, die an Wänden hingen.

Alle Augen beobachteten Aliana, und die Menge teilte sich, als sie hindurch schritt. Manche Augen streiften auch mich, die Blicke von Jägern auf der Beute. Dies hier waren sicherlich allesamt keine Menschen, mit Ausnahme der in Roben gekleideten Bediensteten, die nicht gefährlich auf mich gewirkt hatten. Plötzlich wurde mir bewusst, wie wertvoll es für mich sein würde, Jäger von Beute unterscheiden zu können.

Wir nutzten die rechte Treppe, gingen auf den Balkon durch den Durchgang zwischen rechter und linker Treppe - hier oben schienen wir allein zu sein - und Gideon hielt in einem Quergang an.

«Überstanden, Aliana», grinste er ihr verschwörerisch zu. Aliana nickte voller Unlust.

«Zwei Dutzend Neider und genauso viele Mitläufer», urteilte sie, und er nickte. Danach wandte er sich mir zu: «Wie war die Reise für Dich, Hilo? Viele neue Erfahrungen warten hier. Hat Aliana daran gedacht, dass Du Essen und Trinken brauchst?»

Ich stotterte, aber Aliana kam mir zuvor. Peinlich berührt meinte sie: «Oh, nein. Du hättest doch etwas sagen können, Hilo!»

Ich nickte bestätigend und erwiderte: «Ich hatte Proviant eingepackt. Hab's in der Scheune gegessen, es hat gereicht.»

«Gut, wir werden später mehr für Dich besorgen, für die Bediensteten gibt es ausreichend», meinte Gideon mit einem tadelnden Blick auf Aliana. Sie strich sich eine Strähne des schwarzen Haares, die dem Zopf entflohen war, zur Seite und schenkte mir ein bezauberndes Lächeln als Entschuldigung, welches durch die Kraft ihrer Art angenehm in mein Herz stach.

«Ich zeige Dir Dein Gemach, Schwester», fuhr Gideon fort und eine Handbewegung von ihm gebot mir zu warten. Er öffnete eine Tür in der Nähe und trat hinter Aliana ein. Sie unterhielten sich leise, aber ich konnte von meinem Standpunkt aus nichts verstehen, auch nicht in den Raum sehen. Schließlich traten beide zu mir heraus, Gideon winkte kurz und ging davon. Aliana musterte mich und schien sich einen Ruck zu geben. Ich biss mir auf die Lippen bei dem Versuch ihre Reaktion zu deuten.

«Es tut mir sehr leid mit dem Essen», woraufhin ich ihr zulächelte, um deutlich zu machen, dass dies nicht schlimm war. Sie nahm es zur Kenntnis und wechselte das Thema.

«Du bist heute hier um zu beobachten und zu lernen, Hilo. Du wirst nichts tun müssen, sei unbesorgt. Solange Du Dich an meine Anweisungen hältst, also niemanden provozierst, die Kette trägst und Dich auf mich berufst umgibt Dich mein Schutz.»

Dies war mehr als ich jemals besessen hatte. Ein warmes Gefühl nahm von meinem Körper Besitz. Es schien mir, als wollte sie mehr sagen, aber sie stoppte, nahm mich an der Hand und führte mich zu einer fernen weiteren Tür: «Warte hier, ich hole Dich, wenn die Zeit gekommen ist. Und zieh die Sachen in dem Gemach an, die für Dich hinterlegt sind.»

Aliana öffnete die Tür, und ich trat hindurch. Sie schloss sie hinter mir wieder, und ich war allein. Allein mit einer Gestalt, die eine Robe trug. Sie stand auf der mir gegenüberliegenden Seite des Raumes an einem Holztisch vor der Mauer. Zwischen uns lag ein gemauerter Steinkreis, ungefähr kniehoch und in ihm brannte ein offenes Feuer. Die Arme des Feuers hinterließen flackernde Schatten an den Wänden.

Ich sah dieses schöne Wesen mit dem Rücken zu mir, bei weitem nicht so anmutig wie Aliana, auch nicht dermaßen attraktiv, aber weitaus menschlicher wirkte ihre Anziehungskraft auf mich. Unbefangen - sie musste mein Eintreten bemerkt haben - legte sie ihre Kleidung ab, ein leicht verschlissenes Kleid aus braunem Tuch. Es wirkte ein wenig wie eine Mönchskutte, wie ich sie an den wandernden Predigern gesehen hatte. Ihre Haut wirkte in dem flackernden Licht braun gebrannt und die Jugend hatte ihren Körper bislang vor allen Spuren bewahrt. Ich wunderte mich, warum Aliana mich hier herein dirigiert hatte, aber ihr Körper zog meine Aufmerksamkeit leicht von solchen Gedanken fort. Ich kannte den weiblichen Körper aus der Entfernung, Lagerhuren waren etwas Gewöhnliches an den Feuern vor den Schlachten, aber bislang hatte mir das Geld gefehlt sie einmal selbst aus solcher Nähe betrachten zu können.

Sie nahm einen Tonkrug von dem Tisch vor sich, der auf einem Gestell über einer Kerze gestanden hatte - vielleicht um das Wasser zu wärmen. Sie hob den Krug weit über sich und die klare Flüssigkeit des Wassers goss sich liebkosend über ihren Körper, streichelte sie im Gesicht, lief über die Schultern, den Rücken hinunter in einem kleinen Rinnsal zwischen den prallen Backen, sich aufteilend die beiden Schenkel entlang gleitend langsam zum Boden. Mir wurde eng, als sie sich graziös wandte, und ich stetig mehr von ihrem weiblichen Busen entdecken konnte, während der Wasserstrahl vom Rücken zur Front wanderte und von ihren Schultern zu den Kurven glitt, ihre linke Knospe wässerte, sich im Dekolleté erneut sammelte, hinunterlief zum Nabel um ihn zu feuchten und danach in sie vorzudringen, was ich erahnen konnte, als sie ihre Wende beendet hatte und direkt mit ihren ganzen Weiblichkeit mein Leben ausfüllte.

Sie schaute mich mit einem kurzen Blick an, schien mich aber nicht weiter wahrzunehmen, als sie ihren Po auf den Tisch hinter sich schob, ihre Beine spreizte und die Scham offen legte und den Rest des Wassers aus dem Krug dort hinein strömen ließ. Sie senkte den Krug wieder, ergriff einen Schwamm an der Seite und führte ihn mit geschickten Händen aufreizend langsam hinunter und begann ihn am rechten Schenkel ansetzend empor streichen zu lassen, um ihn schließlich ein Stück in ihren Tempel einzuführen und mit entzücktem Gesichtsausdruck vorsichtig zu bewegen. Kein Flaum umgarnte ihre Vulva, wie ich es aus der Ferne bei den Lagerhuren gesehen hatte, gänzlich nackt und rein wirkte sie, als sie mich mit den Augen ansah und mir ein Zwinkern schenkte, bevor sie wieder lüstern aufstöhnte und die Augen beglückt schloss.

Mein Körper handelte, ich wurde zum Zuschauer der Instinkte. Meine Kleider fielen zu Boden, meine Augen ließen nicht ab von ihr, beobachten jede kleinste Bewegung ihrer geschickten Hand am Scheidenhof, das sorgfältige Säubern ihrer dortigen Lippen, die anderen Finger, welche die benässte Knospe pressten. Längst war ich Gefangener meines Blutes, das erregt in mir gierte und Hitze ausströmte.

Ich trat zu ihr, stumm erstaunt, welch Ausmaße ich zwischen den meinen Schenkeln angenommen hatte, immer näher an sie heran, bis die eine Hand von ihrer Brustwarze abließ und mich freundlich bestimmt umfasste, mich rhythmisch streichelnd näher zu dem Tor zwischen ihren Schenkeln führte. Ich spürte diese Berührungen intensiver als jeden jemals erlittenen Schmerz, und als der Schwamm fiel, stieß ich deutlich herangeführt zu und koitierte sie, einen Widerstand spürend, der mich nur weiter erregte und mich heftiger schlagen ließ.

Sie legte die Arme um meine Schultern, ich packte sie an ihren wunderbaren Backen, und sie zog mich unter lautem Schreien heran, legte ihren Mund auf den meinen, wie um ihre Rufe zu unterdrücken, und wir waren vereint in einem mächtigen Kuss unserer Körper. Ich spürte ihren an mich prallenden Körper mit der glühenden samtweichen Haut immer mehr und mehr, als würde er in dem Akt zu einem Teil von mir werden, als ich schließlich in dieser Hinsicht in ihr zum Mann wurde.

Ich spürte noch eine Zeitlang ihren bebenden Leib und den zittrigen Atem, bis sie mich sanft weg schob, zärtlich lächelnd ihre Tränen beiseite wischte und zu zwei verhüllten Frauen trat, deren Eintreffen ich nicht bemerkt hatte. Mein Atem ging heftig, und ich stützte mich an dem Tisch ab, sie wurde durch die bizarr wirkenden Frauen durch einen mit einer schweren Decke versehenen Durchgang fortgeführt.

Ich war noch zu erschlagen um zu reagieren, als mein Blick zu Boden fiel und Blut bemerkte.

Erschrocken tastete ich meinen Körper ab, aber ich trug keine Verletzung, außer Blut an meinem immer noch erhärteten Stab, dass ich fortwischen konnte. Da fielen mir die Geschichten wieder ein, und ich verstand, dass es nicht mein Blut war. Mein keuchender Atem beruhigte sich vor Lust noch lange nicht, und es dauerte bis ich wieder in meine Kleidung fand.

Danach versuchte ich durch den Durchgang zu folgen, aber eine Gestalt ganz in schwarze Tücher gehüllt verstellte mir den Weg und es war deutlich, dass der Durchgang nicht für mich bestimmt war. Da es sonst nichts in diesem Raum gab, das meine schweifenden Gedanken halten konnte, lief ich im Kreis um das Feuer, bis ich schließlich die Kleidung bemerkte und mich an Alianas Worte erinnerte. Schnell zog ich die anderen Sachen an, eine Art zeremonielle Rüstung, wie ich sie bereits in der Eingangshalle bei den anderen gesehen hatte, und irgendwann öffnete Aliana die Tür.

RITUAL DER NACHT

Und auf diese Weise begann die Nacht. Aliana trug ein bezauberndes weißes Kleid, freie Schultern, ein Collier aus weißem Samt um den Hals, Spitzen über dem Dekolleté, feine Netzhandschuhe, wie ich bezaubernderen Stoff niemals in diesem 12. Jahrhundert gesehen hatte. Ihr steckten feine Edelsteine in den Ohrläppchen und ein Armreif wand sich über dem Ellbogen. Ihre Augen blitzten fröhlich, und ihre Aura war die einer Prinzessin. Mein Mund stand offen, was wohl ihrer Fröhlichkeit Grund gab. Ich spürte nichts von ihrer sonst gefährlichen mörderischen Ausstrahlung, heute wirkte sie auf mich wie eine junge glückliche Sterbliche.

Sie schritt von dannen, zwei Mädchen im jugendlichen Alter ihre weite Schleppe tragend, in dunkelroten Samtkleidern, ehrfürchtig zu Boden starrend. Aliana glitt über die Läufer, eine Schönheit ausstrahlend, die mir das Herz zugleich beschwerte und erleichterte. Ihre dunklen Haare trug sie lang und offen, ein ungeheurer Kontrast zu dem Kleid. Feine silbrige Strähnen waren in die Haare gewebt, welche diese Pracht noch stützten. Ich muss ziemlich gestarrt haben.

Gideon, der sie vom Rand des Ganges betrachtet hatte, trat zu mir: «Begleite mich, Hilo. Wir folgen Ihr.»

Verständnislos starrte ich umher, neben ihm die Gänge schreitend. Er trug dieselbe Kleidung wie ich, eine Mischung aus schwarzem Stoff und goldenen Rüstungsteilen, die aber so leicht waren, dass sie im Kampf völlig sinnlos gewesen wären. Gideon sah zu mir herüber und fand scheinbar, dass es an der Zeit war mich aufzuklären: «Ist sie nicht wunderschön, Hilo?»

Ich nickte ihm zu, woraufhin er weiterredete: «Eine Braut trägt immer diese subtile Form der Schönheit, welche sich in die Betrachter einbrennt.»

Sie heiratete? Irgendwie erschreckte mich der Gedanke, obwohl ich die Tragweite dessen damals nicht ausmachen konnte.

«Meine Schwester wird heute die Ehe der Nacht schließen. Wir werden als Zeugen beiwohnen.»

Ich hatte niemals geahnt, dass Aliana jemanden liebte. Allerdings war meine Zeit nicht unbedingt bekannt für Eheschließungen aus Liebe, wie man sie aus den kitschig romantischen Liedern der Barden kannte.

«Du hast Deinen Teil zu der Hochzeit bereits hinter Dich gebracht, Hilo», ein beinahe anzügliches Grinsen seinerseits streifte mich. Ich fuhr zusammen, nicht wissend, wie er seine Aussage meinte. Aber er verstummte, und als ich zu einer Frage ansetzte, legte er einen Finger auf den Mund. Wir hatten die Brüstung erreicht und dort stand Aliana. Ein herrischer Mann, von dem mehr Macht ausging als ich jemals zuvor gespürt hatte, befand sich dort. Er trug keine Haare am Kopf, war dunkel von der Sonne gebräunt - vielleicht bereits zu Lebzeiten - und hoch gewachsen. Er verneigte sich lächelnd mit dem Kopf wenige Fingerbreit vor Aliana, und sie wandte den Kopf ein wenig seitlich - ich konnte dadurch sehen, dass sie erfreut zu ihm schaute. Er wirkte viele Jahre älter.

Als er den Blick auf Gideon schwenkte, verneigte sich dieser auf ein Knie, und der Blick des Mannes traf wieder

Aliana, die sich bei ihm einhakte. Ich hatte ängstlich befürchtet, dass man auch eine Reaktion von mir erwartete, aber der Moment ging einfach an mir vorüber. Das abrupte und für mich unerwartete Einsetzen der gewaltigen Musik eines Orchesters ließ mich zucken, Gideon stand wieder neben mir und fasste mein Handgelenk. Der Klang der Instrumente prallt in mein Fleisch, trieb das Herz an und brachte das Blut in Wallung.

Nirgends sonst konnte man zu meiner Zeit solche Musik vernehmen. Phantastisch. Liebe zur Musik hatte ich nie entwickelt, aber in den Wellen dieser Töne wollte ich mich stürzen und baden. Teils Gefühle auftürmend, die alles überragten, auf der anderen Seite sekundenlang sanft und zärtlich einlullend, schmiegte sich jede Note an mich. Den anderen schien es ähnlich zu gehen. Ich sah Gideons verzückte Lippen.

Aliana schritt vorwärts, der mir Unbekannte führte sie die rechte Treppe hinunter, die Mädchen kamen dahinter ihrer Aufgabe nach, und Gideon sah ihr zärtlich nach, dann im Sog der Musik die linke Treppe mit mir im Schlepptau ein Stück nach Aliana hinunter schreitend. Wir lenkten unten in der Halle hinter Aliana wieder ein und bildeten mit respektvollem Abstand den Schluss der Formation.

Zwei Ritter des fremden Kreuzbanners hielten Türen offen, durch die Aliana glitt. Als wir folgten, sah ich einen riesigen Saal, voll mit Leuten mit der fremdartigen Aura von Vampiren. Ich befand mich im Löwenkäfig, hatte bloß Alianas Wort des versprochenen Schutzes, und mein Herz konnte nicht tiefer sinken. Gideon beugte sich vor dem Durchgang zu mir, flüsternd: «Wir bilden die Ehrengarde», bevor wir hindurch traten. Die Musik schwoll an.

Ich glaubte das Orchester im Hintergrund am Ende des Saals ausmachen zu können, aber es fesselte meine Aufmerksamkeit nicht, die von unzähligen Details abgelenkt wurden. Etliche Damen in hübschen meisterlichen Kleidern barocker Farbgebung, Männer in feierlichen Kostümen, ein schwerer roter Läufer der gerade vom Eingang zu einem marmornen Altar führte, auf dessen vier Ecken eine Kerze stand. Darüber hingen von der Decke hinab die beiden Banner mit den Symbolen des Kreuzes und der Schlangensonne.

Kronleuchter stimmten den Saal in klassische Atmosphäre und alle leuchtenden Augen hingen gierig an Aliana. Am Altar warteten zwei junge Männer, einer in zeremonieller Rüstung ähnlich der die Gideon und ich trugen, nur war auf Gold verzichtet worden, die Rüstungsplatten waren rot. Auch unter den anderen Anwesenden gab es beide zeremoniellen Rüstungsarten. Dieser Mann hatte seltsam gelb leuchtende Augen. Der andere Mann gekleidet in einem samtenen schwarzen Gewand mit filigranen Mustern aus roten Fäden.

Aliana schritt geführt zu ihnen, von allen beobachtet. Als wir näher kamen, sah ich bei dem erhöht liegenden Altar zwei elegante Frauen hinter den beiden Männern stehen. Nicht wissend, was ich von allem halten sollte, hielt ich den Blick weitreichend gesenkt und blieb eng an Gideons Seite. Wir nahmen hinter Aliana Aufstellung, rechts vom Altar gegenüber der anderen Gruppe. Eine Frau in einem weißen Habit löste sich aus ihrem Platz vorne in der Menge und trat zwischen die Parteien, wartete einen kurzen Augenblick, in dem die Musik leiser wurde um ihre Stimme feierlich zu untermalen, als sie sprach: «Aliana, Prinzessin des Hauses

Imhotep und Kalai, Fürst des Hauses Baphomet, verehrte Zeugen der Trauung, verehrte Gäste. Wir sind in dieser Nacht zusammen vereint, um der Bitte von Aliana und Kalai nach zu kommen und die Schließung ihrer Ehe zu bekunden.»

Sie wandte sich an Alianas Begleitung: «Fürst Imhotep, Herr Alianas Hauses und ihr Vater, bringt Ihr Eure Tochter mit Eurer Erlaubnis vor den Altar zum Ritual der Nacht, zu dem Wunsch Ihrer Eheschließung?»

Eine fremdländische Stimme wie seine war mir nie begegnet, er sprach Worte meiner Sprache aber auf eine nie gehörte Art. Dieser Mann flößte mir Angst ein, mehr als ich jemals vor Aliana gehabt hatte: «Ja, mein Haus stimmt Alianas Wunsch zu, und es freut mich, meine Tochter heute geleiten zu dürfen. Als Vater bin ich glücklich für meine Tochter, und als Ahn meines Hauses stimmt es mich freudig, dass unserer Häuser uns dergleichen nahe stehen.»

Ich war entsetzt; Aliana würde heiraten. Ich weiß nicht einmal heute, warum es mich zu diesem Augenblick traf, ob es an der Vorstellung einer Heirat zwischen Vampiren oder an Aliana im Speziellen lag. Ich starrte zu diesem anderen Vampir, Aliana gegenüber, der sie mit einem berechnenden Blick gierig musterte. Er bemerkte mein Starren nicht, zu sehr schienen ihn seine Gedanken an sie zu fesseln.

«Fürst Kalai, als Sprecher für Euer Haus und als legitimer Nachfolger der Ahnen Eures Hauses, entscheidet sich das Haus Baphomet auch bezeichnet als Haus der Outremer für diese Eheschließung?»

Kalai nickte und machte eine ungeduldige Handbewegung fortzufahren. Seine Augen leuchteten. Alles in mir sträubte sich, wie ein Kratzen, das sich ins Hirn einschleicht und

Gesänge des Missklangs anstimmt. Die Musik nahm neue positive Höhen an. Gideon zwinkerte mir vergnügt zu. Die anwesenden Vampire, welche das stumme Publikum bildeten, ließen keinen Moment die Aufmerksamkeit von unserer Szene vor dem Altar aus Stein.

«Als gebetener Gast des Hauses Longinus ist es mir eine Ehre, das Ritual führen zu dürfen. Prinzessin Aliana, Fürst Kalai, Eure Häuser haben die Zustimmung zu Eurer Eheschließung vorgebracht. Aliana, wollt Ihr die Ehe mit Kalai schließen, in der Nacht mit ihm verbunden sein und wie ein Blut handeln bis das Ende der Ewigkeit Euch trennt?»

Alianas klanghafte Stimme schnitt in mein Herz mit den Worten: «Ja, ich will.»

«Kalai, wollt Ihr die Ehe mit Aliana schließen, in der Nacht mit ihr verbunden sein und wie ein Blut handeln, bis das Ende der Ewigkeit Euch trennt?»

Kalai nickte, noch bevor er mit herrischer Stimme sprach: «Ja, ich will.»

«So seid Ihr verbunden in der Ehe der Nacht und führt fortan eine Blutlinie. Besiegelt diese Ehe», forderte die Zeremonienführerin beide auf. Aliana und Kalai traten zueinander, und Aliana nahm das Samtcollier von ihrem Hals. Beide schritten aneinander vorbei und drehten sich, die Seiten gewechselt, wahrscheinlich eine Geste als Teil der Zeremonie.

Ich sah Alianas bezauberndes Lächeln, als sie den Mund öffnete und gewaltige Reißzähne offenbarte, die sie dem Fürsten in den Hals schlug. Dieser rammte zeitgleich die seinigen in ihre Ader, und sie tranken einige Schlücke des einst menschlichen Saftes aus dem anderen. Als Kalai absetzte wankte er ein wenig, Aliana hob den Kopf würdevoll, die blutgesäumten Lippen wieder zu einem Lächeln geschlossen. Kalai umarmte sie, mir erschien es, als müsste er sich einen Moment an ihr abstützen. Sie umfasste seinen Oberkörper, bis beide auseinander traten, Kalai diesmal an ihren alten Standort zu uns, sie zu seinem Begleiter.

Wieder übernahm die Frau im weißen Habit die Führung des Protokolls: «Ihr anwesenden Zeugen, gewählt von den Parteien dieser Ehe, Etrehl gewählt von Kalai, Gideon, gewählt von Aliana, bezeugt ihr das Ritual der Nacht und damit die Legitimität dieser Ehe?»

Beide sprachen gleichzeitig: «Ich bezeuge», und ich konnte ein kurzes Aufflammen von Tuscheln im Saal vernehmen, dass genauso abrupt wieder abnahm.

«Prinzessin Aliana vom Hause Imhotep, neue Fürstin des Hauses Baphomet und Fürst Kalai, Oberhaupt des Hauses Baphomet und neuer Prinz des Hauses Imhotep, verbunden in der Ehe der Nacht, seid ihr Willens und bereit in dieser Nacht Eurer Eheschließung, wie es die Tradition des Hauses Imhotep fordert, ein Kind zu zeugen und anzunehmen als Vereinigung Euren Blutes und Symbol Eurer Verbundenheit?»

Kalai grinste böse zu Aliana, als er antwortete: «Ich bin bereit.»

Ich hätte alles gegeben zu sehen, wie Aliana diesen Blick erwiderte, aber dies war mir von meinem Standpunkt nicht vergönnt, da Kalai gerade meine Sicht versperrte. Ich zitterte erregt und wäre am liebsten fortgelaufen, ohne zu wissen zu welchem Ziel. Aber etwas hielt mich. Etwas Unbekanntes. Alianas wunderbare Stimme fand unter anderen mein Ohr:

«Ich bin bereit der Tradition meines Hauses zu folgen und unser gemeinsames Kind zu zeugen.»

Die Frau im Habit lächelte: «Man möge das Kind hereinführen.»

Ihre weiße Kleidung raschelte, als sie sich zu dem Altar umwandte. Mir stockte der Atem, als eine Frau nackt hereingeführt wurde, die ich so in dieser Nacht bereits gesehen und gespürt hatte. Auf der Rückseite des Altars schien sich eine kleine Treppe zu befinden, die sie hinauflief um sich in ihrer vollen Pracht mit dem Rücken auf den Altar zu legen. Ihr Kopf zeigte zu unserer Seite, ihre Füße zu Aliana. Die Rituale der Nacht unterscheiden sich von denen der Sterblichen.

KIND DER DUNKELHEIT

Ich war wie versteinert auf meinem Platz, aber ohnehin nahm niemand davon Kenntnis, sie alle waren gespannt auf die Zeugung des Kindes. Und hier nach den Gesetzen der Dunkelheit wurde ein Kind auf eine von uns Sterblichen grundverschiedene Weise gezeugt.

Denn hier begann es nicht mit dem Leben, sondern mit dem Tod alles Sterblichen. Kalai, der bereits vorher alle Anzeichen von Ungeduld getragen hatte, trat rasch vor den Altar und besah die junge Frau. Aliana schritt anmutig um den Altar, langsam und aufreizend die wenigen Schritte zurücklegend. Ich bemerkte die erbost zusammen gepressten Fäuste von Kalai, der Verzögerungen nicht zu mögen schien. Irgendetwas schien ihm an dieser Hochzeit zu liegen, dass keine Zeit verloren werden sollte. Zumindest hätte doch jemand der soviel Zeit besitzt keinen Grund zur Hektik? Oder es lag einfach an seinem Naturell. Auf jeden Fall machte es auf mich nicht den Eindruck, als würde es darum gehen, der Liebe zu Aliana wegen keine Zeit zu vergeuden. Vielleicht war ich auch nur generell misstrauisch. Nicht verwunderlich, inmitten von Jägern der Nacht, die begierig darauf aus waren Blut zu trinken.

Aliana streckte beinahe tastend ihre Hand aus und streichelte liebevoll über die Haut der jungen Frau, vom Bauch entlang hoch zwischen den Brüsten zum Hals, den sie vorsichtig liebkoste. Mir war, als würde die Frau unter den Berührungen zu Aliana empor lächeln. Ich entspannte mich leicht. Aliana wirkte hübsch und eher wie ein freundlicher Engel, denn als eine dunkle mordende Göttin. Dennoch bebte mein Brustkorb.

«Sterbliche, willst Du freiwillig zum Kind der Dunkelheit werden und Aliana und Kalai als Deine Ahnen akzeptieren, hineingeboren in das Haus Imhoteps und Baphomets?»

Außer dem Keuchen, Stöhnen und den Schmerzenslauten, die sie ausgestoßen hatte, als ich mit ihr alleine war, vernahm ich jetzt ihre leise mädchenhafte Stimme: «Ja, ich wünsche mir dies.»

Kalai vergeudete keinen Augenblick, er stieß nach unten und rammte seine Zähne brutal in die Halsschlagader der jungen Frau, und sie begann unter ihm zu zappeln und schlagen. Ich machte einen Schritt nach vorn, als sich der eiserne Griff Gideons um meinen Arm legte, und plötzlich seine Stimme in meinem Geist erklang: «Bleib zurück, Hilo!»

Er hatte direkt in meinem Kopf zu mir gesprochen, irritiert schüttelte ich mich und sah zu ihm, unsicher, ob ich einer Täuschung erlegen war. Ich war leicht benebelt. Er nickte mir zu und sah wieder zum Altar, was ich ihm gleich tat.

Aliana legte ihre Hand auf Kalais Nacken, der weiterhin gebückt über seinem Opfer hing und gewaltsam ihr Leben entriss. Aliana zog ihn hoch und zwang ihn, in ihre Augen zu sehen. Daraufhin fing er sich, leckte sich über die Lippen und trat zurück. Das Gesicht auf dem Altar war von Tränen nass, halbtot lag sie da.

Aliana beugte sich hinab und küsste die Rinnsale behutsam fort, langsam beruhigte sich die Frau wieder. Aliana begann zusätzlich den unter ihr liegenden Körper zu streicheln, dann wanderte ihr Mund langsam hinab. Schließlich fasste sie einfühlsam die Handgelenke, legte ihren Oberkörper hinab auf die Frau, hielt sie somit sicher am Altar und schlug ihre Fangzähne ein Stück weit in die offene Wunde am Hals.

Das Blut floss und wurde aufgenommen, sie starb vor meinen Augen. Sie verging blutlos, als Aliana sich aufrichtete und Kalai ein Zeichen gab. Der kam wieder nah, und Aliana umfasste seinen Kopf über den Altar hinweg mit beiden Händen und führte seinen Hals hinab zu dem Mund der jungen Frau. Gleichzeitig beugte sie sich selbst tief nach unten und flüsterte etwas zu dem bald neuen Kind der Vampire. Sie schien auf Aliana zu hören und biss in den zu ihr geführten Hals, leicht saugend.

Ich weiß nicht mehr, wie lange das gedauert hatte. Schließlich verließ Kalai seinen Platz am Altar, und Aliana schenkte ihrem neuen Kind das eigene Vampirblut. Sie nahm auch dieses, legte dabei schwache Arme um ihre neue Ahnin der Nacht und blieb letztlich still und reglos auf dem Altar liegen, als Aliana sich aus ihrem Griff befreite. Die Frau im Habit legte eine schwarze weiche Decke über den Altar, deckte damit die tote Frau zu und wandte sich zu den schweigenden Zuschauern. Aliana trat wieder vorne neben Kalai an den Altar, das weiße Brautkleid mit rotem Blut befleckt.

«Die Besiegelung der Nacht ist vollzogen. Ein neues Kind der Dunkelheit ist geboren. Es gehört zu den Blutlinien der Imhotep und Baphomet und seine Ahnen sind Aliana und Kalai. Lasst uns das neue Kind feiern, und es im neuen unsterblichen Namen anrufen. Aliana, wie tauft Ihr Eure Tochter?»

Aliana schenkte mir ein blutverschmiertes Lächeln, welches mich frösteln ließ und sprach dann laut wie eine echte Adelige von königlichem Stand: «Marketa.»

Und die nächtlichen Jäger riefen wie im Chor bevor die Musik lauthals anschwoll den neuen Namen ihrer Mitte: «Marketa!»

Wir hatten unseren Platz am Altar längst verlassen, ich war immer dicht bei Gideon geblieben. Alle richteten dem Paar förmliche Glückwünsche aus, und die Menge strebte zu dem Altar. Gideon war mit mir erst einmal zum Rand des Raumes getreten und beobachtete aufmerksam die Anwesenden. Ich blieb still, alles war neu für mich, bis er die Stimme zu mir erhob: «Willkommen in unserer Welt, Hilo.»

Ich wusste nicht, wie zu reagieren war und zuckte leicht die Schultern, mehr ein Reflex denn eine bewusste Tat. Es veranlasste Gideon zu lächeln, bevor er weiterredete: «Das übliche Ränkespiel was folgt. Du wurdest doch ausgebildet in den Regeln des Hofes, oder Hilo? Beobachte und berichte mir, was zu erfahren ist. Sag, was geschieht hier?»

Ich ließ meinen Blick wandern und ohne zu wissen, was er wirklich von mir wollte, entschloss ich mich zu antworten: «Kalai scheint besondere Gründe für die Ehe gehabt zu haben. Unter den Gästen gibt es mehrere Parteien. Dabei ist zuerst nach dem Banner zu trennen, welches die Gäste tragen. Hauptsächlich zwei, das was auch wir tragen und das von Kalai. Dann gibt es noch andere, sehr vereinzelt. Ich vermute die Gäste.»

Ich geriet ins Reden, und Gideon war ein geduldiger Zuhörer. Je mehr er mich von der Seite anschaute, ich in die

Menge starrte, und er mir einfach lauschte, desto mehr redete ich: «Euer Haus ist erbost über die Ehe, ich sehe viel Unzufriedenheit und Unverständnis. Nur wenige schauen Aliana an und sind erfreut wie sehr sie lächelt. Alle anderen wollten diese Hochzeit nicht. Aber auch von ihnen sieht kaum einer erbost zu Aliana, sie scheint bei den meisten respektiert. Sie sind voller Wut auf Kalai, aber sie können dies nicht äußern. Vielleicht haben sie Angst ihre Wut zu zeigen, oder sie wollen Aliana den Tag ... die Nacht nicht verderben. Unter Kalais Banner schauen alle selbstzufrieden und gierig, beinah wie er selbst. Ich sah wenige kritische Mienen, die nachdenklich wirkten.»

«Gut, Hilo», Gideon nickte mir zu, er schien zufrieden, dass ich ausreichend bemerkt hatte. Allerdings hatte er mich unterbrochen.

«Wir verschieben den Rest des Gespräches auf später, Hilo. Vielleicht gibt es hier mehr meiner Machtlinie, ich kann für Gesprächsschutz nicht garantieren.»

«Machtlinie?», rutschte es mir heraus. Gideon antwortete: «Wir unterscheiden die Ahnenlinie und die Machtlinie. Ahnenlinien sind die Häuser, zumindest wenn es sich nicht um Splittergruppen handelt. Die Ahnenlinie sagt, von wem Du abstammst, oder böse formuliert, welche Schuld Du auf Dich geladen hast. Die Machtlinie beschreibt die Kräfte die ein Vampir hat. Ursprünglich waren Macht- und Ahnenlinien gleich, aber wenn ein Vampir von mehreren Ahnen gezeugt wird, so nimmt er nur eine Kraft an. Und wenn die Ahnen selbst aus verschiedenen Linien stammen, ist es wahrscheinlich, dass sie unterschiedliche Mächte besitzen. So war es bei mir, mein Vater Imhotep ist ein Schattengänger, wie Aliana. Aber ich hatte noch eine Ahnin, meine Mutter. Sie stammte aus dem Hause Longinus und klassisch für dieses Haus war sie eine Geistlenkerin. Ich erbte ihre Kraft. Da ich mich diesem Haus stets mehr verbunden fühlte, gehöre ich zum Haus Imhotep. Meist geht dies nach dem mächtigsten Ahn und Imhotep war weit mächtiger als meine Mutter. Jetzt bin ich also von der Machtlinie der Geistlenker, aber obwohl diese einst rein aus dem Hause Longinus stammten, bin ich aus dem Hause Imhoteps und trage ich die vereinte Ahnenlinie meiner Eltern.»

«Also ist Geistlenker eine Machtlinie, sowie Schattengänger? Aliana nannte es Herkunft.»

«Genau, Hilo. Kalai und der überwiegende Teil seines Hauses sind Blutmeister, sie können Blutmagie und Rituale vollziehen. Etrehl, der als Zeuge von Kalai am Altar stand, ist ein Tierwandler. Sein Vampirvater war aus dem Hause Skara Brae auch Skerrabra genannt. Das Haus stammt von den schottischen Orkney-Inseln, gegründet durch die Entweihung des Steinkreises von Brodgar. Seine Fähigkeiten erbte er von seinem Vater, dies schenkt ihm die Kraft Laute von Tieren nachzuahmen, Tiere zu Hilfe zu rufen, eine Jagdmeute mit einem Rudel zu bilden und die Wandlung in Tiere. Allerdings nur nachtjagende Geschöpfe. Kalai nutzt ihn häufig um Feinde auszuspähen. Tierwandler erkennst Du an den leuchtenden Augen. Weitere Fragen ein andermal.»

Ich nickte, wenngleich ich nicht alles verstanden hatte. Aber er schritt bereits davon, so dass ich lieber eilig Anschluss hielt. Wir kamen just zu Aliana und Kalai, die noch immer Glückwünsche am zugedeckten Altar entgegennahmen, als die Dame mit dem Habit, welche die Zeremonie geleitet hatte, zu ihnen sprach. «Stellvertretend für mein gesamtes Haus Longinus richte ich Glückwünsche aus. Möget ihr zufriedene Nächte erleben, und Euer Blut auf ewig in Eurem Kind vereint sein.»

«Habt vielen Dank, Sinaa. Richtet Eurem Haus unseren Dank aus und das die Freundschaft zwischen unseren Häusern nur größer wird», antwortete Aliana freundlich.

Die Dame namens Sinaa knickste vor Aliana und Kalai und trat fort. Gideon trat zu seiner Schwester und dem Fürst des Hauses Baphomet. Im Hintergrund sah ich abseits Imhotep selbst stehen und fragte mich, ob dies der Imhotep war, nachdem Alianas Haus benannt war. Gideon klatschte mit der Hand, was meine Aufmerksamkeit wieder auf ihn lenkte, ein menschlicher Bediensteter trat heran und reichte ihm einen länglichen Gegenstand, den er Aliana und Kalai darreichte.

«Werte Schwester, ehrwürdiger Fürst Kalai, auch ich gratuliere Euch an diesem freudigen Schicksalsabend. Als kleine Aufmerksamkeit möchte ich Euch dies übergeben, einst im Besitz des Hauses Longinus, das ich als Erbe meiner Mutter erhalten habe.»

Aliana ergriff den dargebotenen Gegenstand und lächelte ihren Bruder an. Kalai schaute skeptisch: «Und was stellt dieses Stück kalte Metall dar?»

Ich schaute darauf. Es handelte sich um eine anderthalb Fuß lange Spitze. Ein einst scharfes Blatt, das verwittert wirkte. Kurz vor der Spitze befand sich ein Freiraum in dem Blatt und ein kleiner Gegenstand, fast wie ein Nagel, war hier in dem Metall mit vier Silberdrähten an dem Rest befestigt.

Gideon antwortete geduldig: «Es handelt sich um eine Speerspitze. Der Schaft ging in den Jahrhunderten verloren.

Es ist das älteste Erbstück des Hauses meiner Mutter, es handelt sich um einen Teil der Lanze des Longinus, des Speeres des Schicksals, mit dem Longinus den Fluch seines Hauses auf sich lud, als er Jesus von Nazareth in die Seite stieß. Gerüchte sagen, darin ist ein Nagel vom Kreuz befestigt.»

Aliana verneigte sich dankbar vor ihrem Bruder, Kalai winkte nur mit der Hand ab, während er zu seiner Geste gar nicht passend «Danke» murmelte. Ich vermutete, er meinte dasselbe wie ich - wie nutzlos, die Spitze einer uralten Waffe. Da rief Aliana mich zu sich, ich hätte sie beinah in meinen Gedanken nicht gehört.

Gideon half mir mit einem kleinen beabsichtigten Rempler, als er sich fort wandte. Ich trat zu Aliana, aus den Augenwinkeln Kalai betrachtend, der mich als Sterblichen dergleichen unwichtig fand, dass er sich bereits anderen widmete.

«Ja, meine Herrin.»

Bezaubernd, ihr Lächeln.

«Hilo, bewahre dieses Geschenk meines Bruders in treuen Händen. Es hat hohen Wert für ihn, dergleichen hat es somit auch für mich.»

Ich nickte und erwiderte das Lächeln, zugegeben ein wenig gezwungen. Dann wollte ich mich umwenden und mit Gideon verschwinden, aber ich sah ihn bereits nicht mehr. Nervös wusste ich nicht, was zu tun war, als ich wieder Aliana hörte: «Nein, geh nicht, verweile an meiner Seite. Die Zeremonie ist beendet, und Dein Platz ist bei mir.»

Ich war erfreut und trat hinter sie. Sie wandte sich zu mir und verzog keine Miene: «Meine neue Tochter hattest Du bereits gesehen?»

Meine Wangen glühten, und ich wollte mich am liebsten auf der Stelle verbergen. Sie legte mir eine Hand auf die Schulter und drehte mich zum Altar. Die Musik verklang, alles war still. Eine Hand schob sich unter dem schwarzen Tuch hervor, und die Decke wurde beiseite geschoben. Die Vampirin erhob sich gehetzt umherblickend vom Altar, ihr nackter Körper mit der roten Flüssigkeit des Lebens besudelt. Aliana trat zu ihr und begrüßte sie in einer Umarmung. Marketa schaute sie erkennend an und legte sich in ihre Arme. Kalai streiften ihre Augen nur, der keine Anstalten machte zu ihr zu treten. Für ihn war ihre Zeugung ein notwendiges Übel der Zeremonie gewesen, einer Tradition des für ihn fremden Hauses Imhotep, wie ich erkannte. Marketas Augen wanderten auch zu mir. Ein anzügliches Lächeln legte sich über ihr Gesicht, das erschöpft auf Alianas Schultern ruhte, aber es wirkte nicht bösartig.

Audienz bei König Ludwig

Suger von Saint-Denis selbst hatte sich die Mühe gemacht, hinab zu steigen in die Keller und zu meiner Kammer zu kommen um mich zu informieren, dass der König mich zu sprechen wünscht. Mein Zimmer war vielleicht vier große Schritte lang und drei breit, ein wenig Stroh in der hinteren Hälfte und eine Decke dienten mir als Lagerstätte in der Nacht. Hoch oben an der Decke befand sich ein kleines Loch in der Außenmauer, ohne Glas, daher zog häufig ein kalter Luftzug hinein. In den wolkenlosen Nächten schien der Mond hindurch und beleuchtete meinen Schlaf. In einer Ecke neben der Tür hatte ich stolz die Zeremonienrüstung aufgebahrt, die mir Gideon nach der Hochzeit mitgegeben hatte. Ich hatte extra einen kleinen Holzpflock besorgt - nachts neben einem Kamin gestohlen, wo er als Feuerholz lag, um die Rüstung darauf zu drapieren. Tapfer verteidigte ich sie auch gegen Ratten, wenn ich im Schlaf von Rascheln geweckt wurde und dachte, sie würden daran knabbern.

Es war ein Loch, aber mehr Zuhause als ich mir vorgestellt hätte.

Suger blieb in der Tür stehen, er trug eine Fackel. Obwohl es Nachmittag war und die Sonne schien, war es in den Kellergewölben recht dunkel. Ich hatte geschlafen, ein verträumtes Lächeln muss meine Lippen umspielt haben. Das laute Knarren der Tür, wie sie über den Boden schliff, hatte mich aber geweckt. Müde starrte ich in die Fackel, Suger zuerst nicht erkennend.

Ich hatte nichts Böses getan, es war mir erlaubt zu schlafen. Meine vormittäglichen Übungsstunden in den Künsten des Hofes waren bereits beendet, seit dem Sonnenaufgang hatte ich davor Waffenkunde, Kampf und Körperertüchtigung hinter mir, die Abende dienten weiterhin den schleichenden Künsten sowie Sonstigem, und die Nacht gehörte mehr und mehr Aliana. Nachmittags durfte ich schlafen. Vier Stunden, wie gehabt, mehr Traum stand mir pro Tag nicht zu.

Er hielt den flammenden Stab beiseite: «Heute Abend nach der Dämmerung findest Du Dich im Audienzraum des Königs ein.»

Ich rieb mir die Augen, während ich antwortete: «Keine Schleichenden Künste, Meister?»

Er erwiderte: «Nein, heute nicht. Vorher gehst Du zur Waffenkammer und zum Rüstmeister. Verlange in meinem Namen eine gestärkte Lederrüstung und ein Schwert, welches Du zu führen vermagst, sowie einen Dolch. Und von Dargasch besorgst Du Dir Gifte.»

«Gifte, Herr», fragte ich ein mulmiges Gefühl im Bauch. Von Saint-Denis entgegnete: «Was auch immer Du zum Töten eines Menschen oder Tieres benötigen wirst. Überlege Dir selbst, was weiter hilfreich ist und Du tragen kannst. Es soll von heute an Deine Ausrüstung sein, damit Du für alles gewappnet bist.»

Er wandte sich herum und ging, ein letztes Mal kritisch das Banner Imhoteps auf der Brustplatte musternd. Ich wurde nervös, die Müdigkeit war vergessen, wenngleich sie vorhanden war. Ich sprang auf. Geschlafen hatte ich wenig wegen der Kälte in meiner Stoffkleidung, ich trat zu dem Wassereimer neben der Rüstung des Hauses Imhotep, tauchte meine Hände in die kalte Flüssigkeit und wusch mir den Schlaf aus den Augen.

Eigentlich gehörten die Nächte entweder wechselnden Unterrichtsstunden, je nachdem welcher Meister gerade Zeit hatte oder wieder einmal der Meinung war, ich sei ein Versager und bräuchte mehr Stunden, und immer öfter Aliana. Sie brachte mir dabei nichts Neues bei, hatte seit der Hochzeit auch kaum mit mir geredet, aber sie prüfte meine Fortschritte.

Häufig fragte sie mich Dinge vom Hof ab, welche Gerüchte es unter den Adligen gab, wie man verschiedene Adelsstände zu behandeln hatte, wie die Rangfolge der königstreuen Vasallen war und dergleichen. Manchmal kämpfte sie gegen mich. Schwerter, Waffen, Äxte. Allerdings prügelte sie mich nicht nieder, sondern vergewisserte sich ganz gezielt, welche Schläge ich konnte, ob ich mich korrekt verteidigte und meine Haltung. Es gab zwar kein Lob, aber immer weniger offene Kritik.

Ich eilte, die Zeit konnte auf einer Burg schnell vergehen, wenn man versuchte Sachen zu erlangen, und den König würde ich nicht warten lassen.

Als ich vorsichtig an der Tür zum Audienzzimmer erschien, trug ich bereits die Lederrüstung, an einer Seite den Dolch, an die andere das Schwert gebunden. Es zog den Gurt ziemlich nach unten. Aber so kraftlos wie vor einigen Wochen war ich nicht mehr. Ein Wachposten gebot mir zu warten, schien aber mit meinem Eintreffen gerechnet zu haben. Nach einiger Zeit öffnete er die Tür für mich. Ich runzelte überrascht die Stirn, da ich kein Zeichen vernommen hatte, als ich in dem Zimmer Gideon erkannte. Ob er der Wache direkt in den Kopf gesprochen hatte?

Ich trat ein, schritt mit selbstsicheren Schritt - antrainiert und keineswegs ein Spiegel meines inneren Zustandes - vor den König und verneigte mich. Er winkte gelassen ab, und ich grüßte auch die anderen förmlich. Gideon, der mich am längsten nicht gesehen hatte, musterte mich erstaunt. Ich wusste nicht warum, aber er schien positiv gestimmt. Aliana ließ sich keine Reaktion anmerken.

König Ludwig stand auf und trat mit seinem stämmigen Körper ans Fenster. Dann hob er seine Vertrauen weckende Stimme, dieses mächtige Werkzeug seiner Politik und sprach zu mir: «Hilo, Aliana hat von mir einen Auftrag erhalten, den es in drei Tagen zu erfüllen gilt. Er ist mit einer Reise verbunden. Ich habe beschlossen, dass Du Aliana begleiten wirst. Die Bestimmung zwecks derer Dein Leben Dir gewährt wurde, soll erfüllt werden. Ihr werdet in dieser Nacht aufbrechen.»

Die Stille, welche danach herrschte, deutete darauf hin, dass eine Antwort von mir gefordert war. Ich bin mir bis heute unsicher, ob ich damals abzulehnen vermocht hätte. Allerdings muss ich zu meiner Überraschung sagen, damals nicht darüber nachgedacht zu haben. Ich war im Reinen mit meinem Schicksal. Es gab keine Fragen und keine Zweifel.

«Mein König, es ist mir eine Ehre an Alianas Seite zu sein», sagte ich und meinte es. Ich schaute für eine kurzen Augenblick zu Aliana und fühlte mich lebendig.

Der König drehte sich um, und ich kniete erneut vor ihm nieder und senkte mein Haupt. Ein Gefühl der Wärme erfüllte mich, und ich spürte zum ersten Mal in meinem Leben das Glück ein Ziel zu haben, einen Sinn zu besitzen. Gideon Stimme drang sanft in meinen Geist: «Du bist ein treuerer Verbündeter, als wir geplant hatten.»

Fast war es, als konnte ich seinen amüsierten Gesichtsausdruck sehen, obwohl er hinter mir stand, und mein Kopf zu Boden gerichtet war. Alianas Stimme war realer, sie erklang für alle hörbar im Raum, wie so oft ernst und zielstrebig, die tödliche Eleganz versprühend, an die ich mich mittlerweile in meinen Träumen schmiegte: «Du hast Zeit für ein Abendessen. Wir treffen uns bei den Pferden. Ich will die Nacht nicht ungenutzt verstreichen lassen.»

Jetzt wettete ich, dass Gideon belustigt schaute, und auch ich konnte mir ein Grinsen nicht verkneifen. Sie hatte nicht vor, mich diesmal hungern zu lassen. Ich sah sie an und ihre Augen trafen mich, und fast schien es als kannten wir uns seit langem. Ihre herrisch auftretenden Schritte entfernten sich. Der König entließ mich, als Gideon ganz privat zu mir flüsterte: «Könige vergehen, meine Art nicht.»

SENNESCHALL VON FRANKREICH

Nach einem Ritt von mehreren Stunden waren wir erneut in einem Wald. Bislang waren wir schweigsam nebeneinander geschwind des Weges gezogen. Aliana schien keine Anstalten zu machen, ihr Wort an mich zu richten. Ich betrachtete sie häufig, wann immer das Mondlicht ausreichend durch die Bäume schien und grübelte über ihre Art und sie im Speziellen. Und was mir besonders Sorge machte, war ein Gefühl in meiner Magengegend, dass mich seit Tagen betrübte, da ich es nicht einordnen konnte. Dabei konnte ich mich nicht entsinnen, etwas Verdorbenes gegessen zu haben.

«Aliana?»

Sie drosselte Thashas Tempo und ritt näher an meine Seite. Erst kam ein gefühlloser Seitenblick, aber als sie mein Augenspiel bemerkte, das vielleicht ein wenig leidend wirkte, entschloss sie sich zu einem aufmunternden Lächeln und nickte mir zu.

«Wohin reiten wir, Aliana?»

«Wir werden den ehemaligen Graf von Rochefort, Senneschall von Frankreich, töten. Dessen Thronanspruch war für König Ludwig ein harter Schlag, zusätzlich zu seiner Niederlage in Brenneville gegen die Engländer. Die ständigen Rangeleien mit den Engländern sind schwierig für ihn, zum Glück steht Suger ihm mit gutem Rat zur Seite.»

Anceau de Garlande, Senneschall von Frankreich, höchstes militärisches Amt im Königreich, war erklärter

Feind des Königs und mein Oberbefehlshaber in der letzten Schlacht gewesen. Wir hatten für ihn gestritten, weil er ein Recht auf den Thron beanspruchte. Nachdem seine Armee verlustreich geschlagen war, war es ihm mit seinem Stab gelungen, zu fliehen. Aliana erläuterte mir, dass man ihn auf einem Schiff in einer nahen Hafenstadt gesichtet hatte, und er scheinbar von dort über die Seine versuchte zu fliehen. Sein Ziel war Rouen, von wo aus er versuchen würde, zu Ludwigs englischen Widersachern zu gelangen. Nachdem sie mich aufgeklärt hatte, wollte ich Antworten auf andere Fragen.

«Ihr seid die Ehe eingegangen.»

Alianas Miene verhärtete sich.

«Kalai ist mit mir in der Nacht verbunden. Unsere Familien wurden geeint.»

«Und Eure Tochter ...», begann ich und verstummte. Sie übernahm den Satz, um mich nicht im Stich zu lassen: «Marketa? Sie trägt fortan unser beider Blut. Wir haben den Bluttausch mit ihr vollzogen», und mit ein wenig bedrückter Stimme fügte sie hinzu: «und mit dieser Besiegelung unsere Schuld vergrößert. Daher geschehen Vampirzeugungen meist nur in Zustimmung des Hauses und wenn sie als wertvoll erachtet werden und sehr selten, es sei denn von Vampiren denen die Schuld unwichtig ist, und die nicht an Erlösung glauben. Mein Vater mutmaßt, dass wir unseren Fluch aufheben können, in dem ein Vampir eine Tat begeht, die seiner Schuld ebenbürtig und entgegengesetzt ist. Es ist sein Glauben.»

«Das meinte ich nicht ...», startete ich ein weiteres Mal, und auch diesmal half sie mir: «Eine Vampirin sollte Frau sein, bevor sie in die Unsterblichkeit des Fluchs eingeht.

Danach heilen alle kommenden Wunden und Verletzungen immer wieder und wieder, schmerzhaft sie neu zu erleiden und noch schmerzhafter sie in der Dunkelheit heilen zu spüren.»

Ich schaute sie an, ansatzweise verstehend was sie meinte: «Teilt Ihr denn die Gelüste von uns Menschen?»

Sie schüttelte den Kopf: «Wir sind dazu in der Lage, aber Gefühle oder Gier danach, nein. Uns lüstet nach Blut. Dennoch kommt es vor.»

«Warum ich?»

Sie lächelte mich an, aber ich sah dahinter mehr, ein Sturm von Gefühlen, der in ihrem Kopf tobte, zeichnete sich in dem Blick ab: «So bleibt es in der Familie.»

Und zumindest ein Funken dieser Gefühle war ihrer Beherrschung entglitten, als sie mich gerade als Teil ihrer Familie bezeichnet hatte.

Wir erreichten ein altes Dorf, die vier Häuser inmitten einer großen Lichtung im Wald wirkten verlassen. Die Bäume und die anderen Pflanzen hatten längst Besitz von den einst menschlichen Behausungen ergriffen. Wir brachten stumm unsere Pferde in einem Schuppen unter, ich hoffte, dass er nicht über ihnen zusammenbrechen würde, und wir kümmerten uns einige Zeit um sie. Es war entspannend, derart gewöhnliche Tätigkeiten neben Aliana zu verrichten. Mehr als einmal berührte sie mich, stupste mich feixend, und ich spürte ihre kalte Haut. Eine angenehm kummerlose Atmosphäre herrschte zwischen uns.

Die Vögel des Waldes begannen zu zwitschern, und ich übernahm die restlichen Aufgaben, Aliana verschwand in einer der Hütten. Dort fand ich sie wenig später, sie hatte die Fenster behelfsmäßig mit Holz und den halb verrotteten

Möbeln verdunkelt. Ich hatte mehr Sinn fürs Detail und schloss die noch offenen Ritzen.

Aliana lag zusammengerollt in der hintersten Ecke in dem Raum, aus dem die kleine Hütte bestand und bewegte sich nicht. Ich hatte die zwei Decken mitgebracht, die zu unserer Reiseausrüstung gehörten, und legte eine davon über sie. Dabei betrachtete ich sie mehrere Augenblicke.

Schließlich machte ich mich daran, ein Feuer in der Mitte des Raumes, wo sich eine Kochstelle befand, zu entzünden und schichtete dazu Holz auf, das ich aus der umliegenden Umgebung holte. Ich wickelte auch mich in eine Decke und schlief bald ein.

DER STEIN DES WEISEN

«Aliana, gibt es eine Möglichkeit, einen Deiner Art für immer zu vernichten? Ich meine», ich sah, wie ihr Blick von den Flammen auf mich wechselte. Die Nacht würde bald einbrechen und die Sonne endgültig untergegangen sein. Aliana war schon früh von ihrem Ruheplatz zu mir gekommen, wir warteten darauf, dass sie das Haus verlassen konnte. Sie kniete vor dem Feuer, das ich schon den gesamten Nachmittag am Leben hielt um mich zu wärmen, ich saß ein Stück neben ihr und stocherte mit einem langen Zweig in der Glut. Es würde bald erloschen sein.

«... wie kann man das Leben eines Unsterblichen vernichten?», beendete ich meine Frage.

Aliana schaute wieder in die tänzelnden Finger des Feuers: «Unsterblich zu sein bedeutet, kein Leben zu haben, das beendet werden kann. Niemand kann uns töten, es gibt nichts in uns, was zu töten wert wäre. Wir sind verflucht zum Leben. Man kann uns verstümmeln, aufteilen, verbrennen. Wann immer der Körper eines Vampirs nicht geheilt werden kann, sondern den Tod findet, wird er in einem Bruchteil eines Tages zu Staub zerfallen. All die Asche wird immer wieder einen Weg finden zusammen zu kommen und daraus einen neuen Körper entstehen zu lassen, auch wenn es Jahrhunderte dauert. Denn der Letzte Tropfen, der Wahre Kern unserer Schuld ruft den Staub des Körpers zu sich. Der Letzte Tropfen, Hilo, ist das, was uns ausmacht. Er ist nicht sichtbar, aber er ist im Blut, er ist der letzte Teil des Blutes, den man aus uns saugen kann. Dieser Letzte Tropfen überdauert alles. Die Zeit hat offenbart, dass ein Vampir, auch wenn er zu Staub nach Zerstörung des Körpers zerfällt in wenigen Stunden wieder aufersteht, wenn der Staub gerufen wurde. Man kann den Staub getrennt bewahren und den Vampir somit am Auferstehen hindern, eine der schlimmsten Strafen, die einem Vampir treffen kann. In meinem Haus wird diese Strafe bei den schwersten Vergehen gegen das Haus Imhotep ausgesprochen.»

«Wir verhängten sie schon», sagte Aliana, als sie meinen skeptischen Blick sah, «Aber wehe, wenn ein solch gestrafter Vampir jemals wieder den Staub erfolgreich rufen kann, denn er musste schreckliches erleiden. Aber bleiben wir bei dem, was wir den Letzten Tropfen nennen. Dieser Kern hat ein Eigenleben. Es gibt eine Möglichkeit ihn für immer vom Körper zu trennen, denn der Staub eines Vampirs verbrennt auf ewig im Sonnenlicht, wie auch unser Körper. Deshalb ist Sonnenlicht unsere größte Gefahr, denn es löscht unser Fleisch unwiderrufbar aus. Allerdings bleibt der Letzte Tropfen. Er versickert vielleicht in Erde und braucht möglicherweise Jahrhunderte um über Nahrungsketten wieder in ein Tier zu gelangen und nach tausenden von Jahren wieder in einen Menschen. Dann aber hat er einen neuen Körper, und der Vampir kehrt in neuer Gestalt zurück. Dies geschah meines Wissens allerdings erst einmal. Aber es ist ein Gerücht, somit besteht keine Sicherheit.»

Ich stocherte wieder in die Glut, und einige Funken stoben schön anzusehen in die Luft. Ihre Stimme war ein wenig emotionsgeladener und gleichzeitig kühler als bisher, als sie weiterredete, und es schien mir, als wenn das kommende sehr wichtig wäre. Selbst die längst verheilte Wunde an meinem Hinterkopf pochte.

«Auch kann ein Vampir einen anderen vollständig das Blut nehmen und den Letzten Tropfen und alle Macht des anderen in sich aufnehmen. Und es gibt noch eine Sache. Etwas Geheimes, auch unter Vampiren. Nur die mächtigsten und weisesten von uns wissen Bescheid, für andere bleibt es eine Legende. Es soll ein kraftvolles Ritual geben, mit dem man den Letzten Tropfen binden kann, so dass er niemals wieder von einem Körper Besitz zu ergreifen vermag. Er bleibt existent, ist aber gebannt.»

Und jetzt sprach Aliana von einem Ausdruck, den ich auch in der Welt der Sterblichen bereits vernommen hatte. Allerdings war er dort der Inbegriff für etwas völlig anderes, für einen Traum der Sterblichen, ein Synonym für die ewige Jugend.

«Sterblichen wird das Ritual niemals mitgeteilt, die Gefahr für meine Welt wäre unabsehbar. Die wenigen die es kennen, teilen es auch nicht mit den anderen. Um das Wissen zu erlangen, müsste man das Blut eines Ältesten aufnehmen, und damit seine Erinnerungen, da es wohl nie freiwillig gegeben wird. Da dieses Geheimnis lediglich die Ältesten vom Blute unter uns kennen, aus gutem Grund, denn sie vollen von dieser Strafe gewiss nicht getroffen werden, spricht man unter den Vampiren vom Stein der Weisen.»

FALL DES WIDERSACHERS

Wir ritten in der Mitte der Nacht näher an die Seine. Lange Zeit ritten wir zügig, aber möglichst ohne Aufmerksamkeit zu erregen, entlang der Strömung. Aliana hatte Sorge, dass eventuell Wachposten am Fluss aufgestellt waren, und sie konzentrierte sich besonders, um etwaige Menschen aufzuspüren. Graf von Rochefort hatte keine Vampire in seiner Armee, dessen war sich Aliana sicher. Da ich über ihre hohe Stellung unter den Kindern der Dunkelheit wusste, zweifelte ich nicht an dieser Aussage. Schließlich stoppte Aliana ihr Pferd und band es mit den Zügeln an einem der vereinzelten Bäume am Ufer fest. Ich saß ebenfalls ab. Ihre Augen waren weit schärfer als meine, so dass ich ihrer Wahrnehmung traute. Ich hatte nichts bemerkt.

«Hilo, warte einen Augenblick. Wir sind nicht weit vom Schiff entfernt, aber ich suche den Weg nach Wachen ab. Ich werde wiederkommen.»

Während sie vor mir stand erloschen ihre Konturen, und sie wurde eins mit dem Schatten des Baumes. Ich sah sie zwischen den Bäumen immer einmal aufblitzen und wieder verschwinden, dort wo ein Schatten endete und ein weiterer erst einige Schritte später wieder begann. Alianas Machtlinie, Schattengänger. Ich verstand langsam, was dies bedeutete. Beeindruckt streichelte ich mein Pferd um es ruhig zu halten. Thasha schnaubte, aber sie war vom Ritt noch zu wild, sie ließ mich nicht an sich heran. Das Mondlicht verschwand ab und an unter den Wolken, sicherlich würde Aliana diese zusätzlichen Schatten der Traumfiguren vom Himmel kunstvoll nutzen. Der Schnee umgab meine Stiefel in einer kalten Umarmung und vorbeugend trat ich von einem Bein auf das andere.

«Was tust Du da?»

Ich wandte mich rasch und in der Drehung zog ich meinen Dolch. Wenn man überrascht wurde, war es immer von Vorteil den Dolch statt einem Schwert zu ziehen, da es schneller ging. Außerdem befand sich mein Schwert befestigt am Sattel, ein schrecklicher Fehler, wie ich zugeben muss.

Aliana sah mich überrascht an und nahm mir den Dolch spielerisch aus der Hand, weit bevor ich es merkte und zu einer Reaktion ansetzen konnte. Sie reichte ihn mir wieder, und ich verstaute ihn an seinem Platz: «Der Schnee ist kalt, ich bewege mich, damit mir die Füße nicht einfrieren.»

Ein erstaunter Ausdruck legte sich auf ihr Gesicht und sie flüsterte «kalt», wobei sie nicht mich anredete, sondern das Murmeln ihr selbst galt. Dennoch nickte ich: «Kalt, ja. Es ist eisig hier. Immerhin hat der Winter begonnen und überall liegt Schnee.»

Sie nickte und winkte ab: «Jaja, ich vergaß. Wir müssen uns beeilen, dabei wird Dir schon warm. Los, das Schiff treibt weiter. Ich habe Etrehl gesehen, denke ich.»

Ich trat zu meinem Reittier: «Etrehl, Kalais Trauzeuge?»

Sie nickte: «Ja, Kalais rechte Hand, sein treuester Untergebener. Er spioniert für ihn. Ich weiß nicht, warum Kalai Interesse an dem Senneschall hat, aber ein Zufall war der riesige Wolf sicher nicht, den ich erblickte. Aber vielleicht irrte ich mich auch, und es war ein Tier.»

«Würde er uns angreifen?»

Sie schüttelte den Kopf und trat zu Thasha: «Sicher nicht, Etrehl ist ein Beobachter. Er würde nie die direkte Konfrontation mit mir suchen. Aber wenn er es war, ist dies sehr interessant. Schnell weiter.»

Rasch stiegen wir wieder in die Sättel und zügig ging es weiter. Ich sah einen Mann mit einem abgerissenen Kopf, über den mein Pferd stieg und eine zweite völlig zerfetzte Leiche von einem Posten, der im Schatten eines Baumes gestanden hatte. Bei dem Bild der Körperstücke, die im Schnee lagen und dem verspritzten Blut, das bei dem Licht beinahe Blau aus dem weißen Pulver heraus stach, dachte ich an die Worte, die Aliana bei der Jagd im Lagerkeller der Burg an mich gerichtet hatte: «Auf mein Kommando werden die Schatten Dich für mich in Stücke reißen». Welch Macht sie besaß. Die Linie der Schattengänger vermochte sich im Schatten zu verstecken, verborgen darin zu schreiten, und die Schatten selbst kämpfen zu lassen. Dankbarkeit überkam mich, dass sie nicht mehr meine Feindin war.

Jetzt konnte auch ich das Schiff sehen. Wir ritten weiter landeinwärts, damit man uns nicht vom Schiffsdeck aus am Ufer ausmachen konnte. Als wir genügend Vorsprung heraus geritten hatten, kehrten wir wieder ans Ufer, und Aliana, die das Schiff bereits wieder in der Ferne ausmachte, befahl: «Ab vom Pferd, Hilo und hinein ins Wasser. Schwimm bereits ein Stück Richtung Mitte.»

Ich war zu Beginn ihrer Worte abgestiegen, doch den anderen Kommandos kam ich nicht nach. Ich drehte mich und schaute zu der edlen Vampirprinzessin hinauf, die herrisch auf ihrer Stute thronte.

«Aliana, ich soll in das eiskalte Wasser?»

Sie schaute ungehalten: «Hilo, wer denn sonst? Erinnerst

Du Dich nicht? Das hier ist fließendes Gewässer, also wirst Du auf dieses Schiff gehen.»

Mir dämmerte es und die neu eintreffenden Gedanken gefielen mir nicht im Geringsten. Ich suchte nach einer Lösung, da trieb sie ihr Pferd an mich heran, und die Stute drückte mich kraftvoll mit der Flanke in den Fluss: «Los! Das Schiff nähert sich!»

Ich prallte auf der Wasseroberfläche auf, sackte tiefer und schluckte die Leben spendende aber auch tötende Flüssigkeit. Ein Anflug von Panik verging zum Glück schnell wieder, angesichts des Schocks der Kälte. Mit kräftigen Zügen meiner Arme erreichte ich die Oberfläche und spuckte Wasser. Ängstlich blickte ich hoch ans Ufer zu Aliana, wollte Fragen und betteln uns einen Plan zu überlegen, bis ich ihre Augen fand. Sie leuchteten im Mondschein, so voll von Macht erfüllt, dass es auf mich abfärbte. Bevor ich einfror, wandte ich mich und biss die Zähne zusammen.

Vielleicht wurde in dem eisigen Wasser des Flusses einiges weggewaschen, was zu mir gehört hatte. Diese Nacht veränderte manches. Aber es mag auch ein längerer Prozess gewesen sein, der hier Bestätigung fand. Mein altes ich wäre kein Wagnis eingegangen, hätte die Flucht ergriffen und ängstlich Versteck gesucht. Ich jedoch schwamm zu dem sich dunkel auftürmenden Bug.

Im Schein des Mondes war ich ein Stück weit unter die Oberfläche getaucht, alle Kälte mit zusammen gebissenen Zähnen verdrängend, damit mich eine Wache, die ich auf Deck gesehen hatte, nicht bemerkte. Mein Geschick half mir, als ich den Bug erreichte. Meine vom Frost steifen Finger fanden die winzigen Unebenheiten des Holzes und zogen mich in kleinen Abständen hinauf. Mehr als einmal wäre ich beinahe abgerutscht. Schließlich zog ich mich an Deck, nicht ohne innerlich den Kopf angesichts meines scheinbar eingesetzten Wahnsinns zu schütteln - warum tat ich das alles? Ein Blick ans Ufer, aber Aliana und die Pferde waren nicht zu sehen, sie musste ins Land geritten sein. Aber ihre perfekten Augen brannten sicherlich auch trotz der Entfernung auf mir, grinste ich mich selbst an. Ich schlich hinter eine Holzkiste und orientierte mich.

Ich war vorn am Schiff aufgetaucht, die Wache bei ihrer Runde warf gerade ihren Schatten am hinteren Teil. Ich nutzte geschickt die dunklen Stellen zwischen den Masten und Kisten und bahnte meinen Weg zu der Stelle, an der das Schiff geführt wurde, wo zwei Männer standen, die sich unterhielten.

«Übermorgen erreichen wir den Hafen, Kapitän, dürfen wir dann über Nachmittag in der Stadt einkehren?»

Der mit Kapitän angesprochene Mann antwortete der Person am Steuer: «Erst einmal muss neuer Proviant eingekauft und eingeladen werden. Danach werde ich vielleicht einen kurzen Besuch erlauben, allerdings denke ich, der Senneschall wünscht eine zügige Weiterreise.»

Der Kapitän winkte dem Seemann, der seine Wachrunde unternahm, zu und meinte dann: «Ich werde nun einige Stunden ruhen, weck mich wenn die Anlegestelle sichtbar ist.»

Als der Kapitän fortgehen wollte, kam er an meinem Versteck vorbei und sah mich. Ich sprang auf, als er zeitgleich die Hände zum Angriff hob und war schnell genug ihn fort zu stoßen. Er fiel rückwärts zur Reling, als ich mich dem Steuermann zuwandte, der zu mir laufen wollte. Ich wich ihm aus, tauchte unter seinen Armen hinweg und rannte zu dem Steuerrad des Schiffes, es mit beiden Armen brutal nach Backbord reißend. Das Schiff reagierte schwerfällig.

Der Steuermann war wieder hinter mir, ich riss meinen Arm, dessen Hand einen kleinen Lederbeutel führte hoch und stieß ihn nach hinten. Als ich mich umdrehte, fiel der Seemann hustend zu Boden, er verkrampfte in diesem Anfall und suchte Luft zu holen. Die Wache lief mit gezogenem Kurzschwert in meine Richtung, der Kapitän rappelte sich auf, das Schiff trieb zum Ufer und würde bald mit dem Bug auflaufen. Ich rannte zur Spitze des Schiffes, Aliana würde dort auf mich warten.

Verfolgt von Kapitän und der etwas weiter entfernten Wache, erreichte ich das vorderste Ende des Schiffes, als es mit einem Ruck an Land lief, und ich stolperte. Rasch richtete ich mich auf, der Kapitän war seinerseits über meinen gefallenen Körper gestrauchelt.

Er sprang auf, ich packte ihn von hinten und legte meinen Dolch um seine Kehle. Aliana stand am Ufer vor dem Bug. Die Wache hinter mir brach den kommenden Angriff auf mich ab, um den Kapitän nicht zu gefährden. Ich rief: «Schnell, Aliana!»

Alianas ruhige Stimme antwortete mir, mit der ihr obliegenden Leichtigkeit: «Ich kann keine Behausung von Menschen ohne rechtmäßige Einladung betreten.»

Im Normalfall hätte ich über diese Bemerkung sicher einen halben Tag lang nachgedacht. Dafür war keine Zeit, wie mir das Pochen am Hinterkopf riet: «Aber das Haus in dem Dorf?»

Sie schüttelte den Kopf: «Es war verlassen», als wenn das

alles erklärte. Ich verzweifelte, spürte schon die sich nähernde Wache in meinem Rücken.

Ich biss mir auf die Lippe, zwang mich diese Situation unter Kontrolle zu bringen und zum Guten zu lösen - zum Guten für mich. Mein Dolch presste sich mit der Klinge in das Fleisch des Kapitäns, das Blut, welches unter dem Mondlicht von seinem Hals floss, ließ Alianas Gesicht zu einer Grimasse erstarren.

«Lad' sie auf das Schiff ein!», presste ich barsch aus meinem Mund in das Ohr das Kapitäns, sah bereits, wie der Schatten der Wache meine Füße berührte, er selbst konnte nicht mehr weit sein. Der Dolch schnitt tiefer, der Schatten kroch weiter, Aliana stand starr Meter unter uns, der Schnee des Ufers wehte ihr um die Stiefel, meine Zeit lief ab.

Zeit ist etwas Seltsames. Man spricht von Zeit sparen, von geschenkter Zeit, von zu schnell vergangener Zeit und von Zeit die ewig braucht um zu vergehen. Alle diese Sprüche treffen auf Zeit nicht zu. Zeit vergeht unter ihrer eigenen Kontrolle, weder schneller noch langsamer, und wir können sie weder schenken noch ansparen. Zeit, die wir ansparen, ist für uns dennoch vergangen. Zeit entzieht sich unserer Steuerung und unseres Verstandes. Zeit schmiegt sich liebevoll an uns und lässt uns seit unserer Geburt nie wieder los, bis wir aus der Welt treten.

«Kommt an Bord», rief die gepresste Stimme des Kapitäns. Das Recht eines jeden Kapitäns ist es zu bestimmen, wer sein Schiff betreten darf und wer nicht. Teilweise kollidiert dieses natürliche Recht mit dem des Eigentümers, doch ist es unumstößlich und bindend. Aliana sprang aus dem Stand die große Höhe empor, noch bevor sie landete, verband sich der Schatten hinter mir mit seinem fallenden Besitzer auf den Planken. Als ihre Füße aufsetzten, sackte der Kapitän in meinen Armen, nach einem gewaltigen Schlag von ihr gegen seine Schläfe, dahin. Aliana ließ mich verschnaufen und gab mir zu meinem Erstaunen einen Kuss auf die Wange. Dann verschwand sie und kroch in dunklen Vorboten des Schicksals über das Deck. Für mich vergingen Sekunden, in denen ich tief ein und ausatmete, mich wieder fing und den Dolch weniger verkrampft erfasste, bis sie wieder an meiner Seite auftauchte.

«Gehen wir, Hilo. Das Deck ist sicher und der Eingang ins Innere ist hier drüben.»

Wir schlichen eine enge Treppe hinunter, Aliana voran, ich dicht hinter ihr, dann um mehrere Ecken und an zwei Abzweigungen vorbei - Aliana schien zu spüren, wohin wir uns zu wenden hatten. Schließlich erreichten wir einen langen Gang mit drei Türen an den Seiten, jeweils rechts, links und wieder rechts. Eine weitere befand sich vor Kopf am Ende des Ganges. Aliana stoppte, ich prallte unachtsam gegen ihren harten Körper und hielt mich schnell fest, um nicht zu stolpern. Eine Marmorstatue in meinen Armen hätte sich nicht anders anfühlen können. Ihre Festigkeit, der süße Duft ihrer Haare, das Pulsieren meines Blutes, welches die plötzliche Nähe auslöste, brannte sich in meine Erinnerung. Selbst heute kann ich es spüren, wenn ich die Augen schließe.

«Ich kann nicht weiter, siehst Du den Beutel, der in der Mitte des Ganges hängt? Geh hin und reiß ihn herunter, zertrete ihn dann», flüsterte Aliana und presste sich dabei an die Seitenwand um mich vorbei zu lassen. Ich schlüpfte vorsichtig an ihr vorbei, als sie sich zu meinem Ohr beugte und mit seltsam verklärter Stimme hinzufügte: «Hilo, ich kann Dir nicht helfen, bis der Beutel zertreten ist. Pass auf Dich auf.»

Ich schlich weiter, über ihren letzten Satz nachdenkend. Natürlich passte ich auf, ich war immer vorsichtig, schließlich wünschte ich nicht, dass mir etwas passierte. Ich erreichte den Beutel, als ich zu einer Erkenntnis kam - sie wollte das auch nicht. Gerade als ich das Gesicht zu ihr drehen wollte um sie im trüben Licht - das ausschließlich vom Mond durch einige Ritzen zwischen den Planken schien - anzulächeln, öffneten sich die drei Seitentüren. Jeweils ein Mann trat drohend hinaus, zwei von ihnen standen jetzt zwischen mir und Aliana, der andere in meinem Rücken.

Ich hob den Dolch abwehrend hoch, und mein Körper erinnerte sich an zahlreiche Aktionen in den Kampfesübungen. Leider erinnerte er sich nicht an den Beutel.

Aliana kreischte, aber ich nahm sie nicht wahr. Ich wich vor den beiden vor mir ein Stück zurück und hob meinen Dolch. Aliana kam nicht zu meiner Hilfe. Die Männer trugen ebenfalls kleine Dolche wie ich, hier in dem engen Gang wäre ein Schwert oder eine andere Waffe nutzlos gewesen. Ich dachte an meine alten Kampfgefährten - sie waren in den Schlachten neben mir aufgeschlitzt, zerstückelt und niedergemetzelt worden, während ich mich feige versteckt hatte. Jetzt war ich allein, niemand stand an meiner Seite, niemand der sich opferte – meiner bisherigen Meinung nach aus Dummheit und fehlendem Selbsterhaltungstrieb. Zum ersten Mal im Leben war ich im Kampf auf mich allein gestellt, ohne wirklich eine Fluchtmöglichkeit zu haben. Gut, man hatte mich gebildet, die Künste der Verteidigung und des Angriffs. Aber es war mir nicht ins Blut übergegangen, ich war kein Krieger, kein Kämpfer. Ich war das Tier, das im Versteck Schutz suchte. Ein solches Verhalten lässt sich nicht in einem Menschenleben ändern. Ich konnte nicht ahnen, wie viel Zeit das Schicksal mir geben würde.

Heute sollte ich mein Leben selbst verteidigen oder es verlieren. Ich schaute hektisch umher, Guillaume, mein einst befreundeter Gefährte, hatte mir gesagt im Angriff liegt der Trick aller Verteidigung; dies zweifle ich auch heute noch an. Aber damals fand ich keinen besseren Plan. Ich streckte den Dolch vor und sprang.

Der Vorderste entwaffnete mich mühelos, und seine Faust prallte auf meine Brust, ich flog nach hinten und stieß gegen den einzelnen dritten. Er legte den Arm um meinen Brustkorb und packte mich, legte seinen Dolch an meinen Hals, und knapp bevor die Klinge in meine Brust fuhr, rutschte ich nach unten, entglitt dem tödlichen Griff.

Allein auf den Planken des Ganges. Wie hätte ich wissen können, dass ich niemals allein war. Ich schleuderte mein Niespulver in die Luft und kroch am Boden rasch um die fremden Beine herum, so dass alle drei Angreifer zwischen mir und Aliana lagen. Nicht sonderlich geschickt, aber besser als zwei Fronten, sie waren kurz von dem Staub abgelenkt, aber ich vernahm kein Niesen.

Die drei Gestalten nahmen keine Notiz von Aliana, die reglos im Hintergrund stand. Ein flüchtiger Blick zeigte mir allerdings, dass sie verschwunden war – vermutlich im Schatten. Sie kamen auf mich zu, durch die Enge des Ganges hintereinander. Der erste grinste mich an, zumindest glaubte ich das in der Dunkelheit auszumachen, als ich mich wieder aufrichtete. Er war bereits am Beutel vorbei, welcher mir wieder in den Sinn kam, aber sich jetzt getrennt von mir befand. Keine Waffe, drei Gegner, das Glitzern von Stahl direkt auf mich gerichtet. Das war schlimmer als jede Schlacht deuchte es mir.

Ein Lächeln legte sich auf meine Lippen. In Übereinstimmung mit meinem Schicksal gab ich mich dem Unvermeidlichen hin. Mein Körper machte einen Sprung rückwärts und drehte sich, dabei stürmten sie grollend vor, als wollten sie mich das andere Ende des Ganges auf keinen Fall erreichen lassen.

Aber die Drehung ging weiter, ich drückte mich mit dem Rücken nach einer Dreiviertelwendung an die Seitenwand, der erste stürmte überrascht an mir vorbei, der zweite stolperte über mein Bein, und der dritte stand immer noch an seinem Platz. Er hatte Position direkt unter dem Beutel eingenommen, der an seinem Lederband von der Decke baumelte.

Vielleicht war der Zeitpunkt in meinem Leben gekommen, endlich einmal kein Feigling zu sein. Ich wandte mich in den Sekundenbruchteilen, die ich vor den ersten beiden Ruhe haben würde, wieder nach rechts und trat dem letzten Gegner entgegen. Der hob seinen Dolch wie ein Schwert zum Gruße, fast schien es eine Respektsbekundung zu sein, dass mein Körper so geschickt die anderen überlistet hatte, es erinnerte an ritterliche Gebräuche. Ich hob meine Hand. Aber ich war kein Ritter und strebte das auch nicht an. Hatte ich erwähnt, dass Feigheit das Leben entscheidend verlängern kann?

Brutal schlug ich meinem Gegenüber die gespreizten Finger meiner rechten Hand in die Augen. Er taumelte zurück, und ein Tritt in seinen Magen folgte. Von Hinten spürte ich einen schweren Schlag und ein seltsam warmes Gefühl breitete sich aus. Ich fiel nach vorn, meine Beine zogen sich dabei zusammen, und ich machte eine Rolle, reiner Instinkt. Hinter mir schlug der schwere Dolch nach einem kraftvollen Wurf im Bodenholz ein. Neben mir glitzerte mein Dolch, meine Hand nahm in rasch wieder an sich, und ich drehte mich.

Ein Blick über die Schulter zeigte mir, dass sich auch der Mann hinter mir wieder vom Schlag gegen seine Augen erholte. Er nahm nur wenig desorientiert seinen Weg zu mir auf. Der Mann vor mir hatte jetzt keinen Dolch mehr, aber immerhin hatten sie mir meinen bereits vorher einmal mühelos entwendet. Ich entschied mich, ihm zuvor zu kommen. Mit dem Dolch würde ich ohnehin niemanden verletzen.

Mein Dolch flog in seine Richtung, bei meinem unpräzisen Wurf konnte ich nicht einmal sicher sein, ob mit Griff oder Klinge voran. Er wischte ihn mühelos vor sich aus der Luft, wie ein ärgerliches Flugtier. Es gab mir die Sekunde Unaufmerksamkeit, die ich benötigte. Ich streckte meine Hand aus, die Finger schlossen sich um das Lederband, ein weiterer Schlag wieder von hinten, etwas prallte mit enormer Wucht auf meinen Rücken.

Aliana, im Schatten verschwunden. Der Beutel fiel. Ich ebenso, landete auf dem Rücken, die Beine angewinkelt. Hinter meinem Kopf stand der Mann, dem ich in die Augen gestochen hatte, vor mir die zwei anderen. Eine denkbar schlechte Position. Aber eine gute, wenn man meine Aufgabe und den Standort des Beutels betrachtete.

Ich trat fest zu. Mein Fuß zerpresste, was auch immer sich in dem Inneren des Beutels befand. Es fühlte sich durch meine weichen vom Wasser feuchten Lederstiefel matschig an. Ich sah, wie sich der Einzelne über mich beugte, und der vor mir seinen Dolch aus dem Holz zog. Dann spürte ich den Hauch. Den Wind der Schatten.

Der Mann über mir wurde fortgerissen und verschwand aus meinem Blickfeld, seine lauten panischen Schreie übertönten den Rest der Welt. Der Mann mit dem Dolch kniete sich vor mich und stieß zu, als eine Art schwarzer Nebel meinen Blick auf ihn trübte, der Dolch prallte auf die Dunkelheit und kam nicht durch. Vor meinem Herz wurde er abgefangen. Schwarze unzählige Hände griffen meinen Gegner aus allen Seiten und schlugen auf ihn ein. Er prallte gegen die linke, dann gegen die rechte Seitenwand und wurde herumgewirbelt. Mit jedem Schlag wurde er wehrloser, und seine am Anfang hektischen Bewegungen ließen nach. Letztlich klammerten sich die Hände um seine Glieder und fixierten diese, ließen ihm keinen Freiraum mehr. Eine dunkle Gestalt offenbarte sich meinem Blick, halb durchscheinend, konnte ich weiterhin den Mann und diese neue Gestalt vor mir sehen. Ihre Fangzähne glitzerten auf, plötzlich sichtbar geworden, wie das Glitzern der Dolchklingen. Sie bohrten sich in seinen Hals und binnen Sekunden, die vor mir wie eine Ewigkeit wirkten, wurde sein Blut verschlungen.

Der Gang flackerte strahlend hell auf, meine Augen waren geblendet. Als ich wieder sah, erblickte ich Aliana, sie warf die wehrlose Hülle meines zweiten Gegners ausgetrunken nach hinten über mich hinweg, wie die Kippe eines Apfels, die man den Vögeln überlässt. Vor ihr am Ende des Ganges stand der letzte Mann, er hatte eine Zunderbüchse in seinen Händen.

Ich brauchte einen Moment um die Situation zu erfassen, Aliana leckte sich dabei das Blut von den Lippen. Überall an den Seitenwänden hingen Öllampen an der Decke, geschickt verteilt, so dass kein Schatten zu sehen war. Aliana vermochte angesichts der Lampen nicht in einen Schatten zu treten. Sie alle waren über eine Rinne - in der vermutlich eine brennbare Paste gewartet hatte - verbunden, der Mann hatte sie alle nahezu gleichzeitig von seinem Standort entzünden können.

Ich durchschaute den Mechanismus nicht vollständig, aber um etwas in der Art musste es sich handeln. Aliana stand im vollen Licht, und an ihr vorbei konnte ich sehen, wie der Mann sie anstarrte. Meine Vampirprinzessin schritt auf ihn zu, und ich stand auf und folgte ihr mit gehörigem Abstand, dabei nahm ich meinen Dolch mit. Ich ahnte was folgen würde.

«Weiche! Hier ist Deine Macht nichts wert!», warf der Mann ihr an den Kopf, doch ihre Schritte wurden nur zügiger.

«Weiche Schattengänger! Brut Imhoteps!»

Abrupt blieb Aliana stehen. Ich wandte mich um, ging sicher, dass uns niemand folgte, als sie erwiderte: «Ja, ich bin die Brut Imhoteps! Und wenn Du mich erkennst, tätest Du gut daran mich um Dein Leben zu bitten, statt in meinem Weg zu stehen!»

Der Mann lachte spöttisch, aber ich kannte dieses Lachen. Zu oft hatte ich es selbst benutzt. Es war Angst dahinter.

«Keine Brut Imhoteps wird uns an unserem Auftrag hindern!»

Alianas belustigt klingende Antwort jagte mir einen Schauer über den Rücken, es war der Frost dabei in ihrer

Stimme: «Auch nicht seine direkte Tochter, die an der Seite ihres Mannes über Baphomet regiert?»

Sie hatte sich zu erkennen gegeben, allerdings wusste ich nicht, warum diese Informationen für den Mann Aussagekraft hatten. Aber in seinem erneuten spöttischen Lachen konnte er seine Furcht nicht mehr verbergen: «Du hast außerhalb der Schatten keine Macht.»

Sie hatte bereits mit ihm abgeschlossen. Ihre nächsten Worte wandten sich an mich, während sie sich dem Mann wie ein notwendiges Übel widmete: «Lass Dich nicht verwirren, Hilo. Für meine Machtlinie brauche ich die Schatten um ihre Fähigkeiten zu nutzen. Aber das Fehlen von Schatten macht mich nicht hilflos.»

Er wollte sie angreifen, dabei bewegte er sich mit übermenschlicher Geschwindigkeit, doch ich sah nach dem Vorwärtsschnellen seines Körpers, wie seine Arme leblos wie gebrochen zur Seite hingen, und er in ihren Armen lag, die Kehle in ihrem Biss versunken.

Wir traten vor die Tür am Ende des Ganges, und als Aliana davor stehen blieb, drang das Knurren mehrerer Hunde an unsere Ohren. Aliana zeigte im Licht der Lampen auf ein rotes Symbol am Boden, mehrere Linien und ein Kreis.

«Das ist ein Pentagramm, Hilo. Es beschützt den Raum, ich kann nicht darüber treten.»

«Dieses Symbol verhindert es?», ich betrachtete es aufmerksam.

Sie schüttelte den Kopf: «Nicht nur das Symbol, auch die Art, wie es angefertigt wurde. Aber nicht jetzt, Hilo», machte sie mir deutlich, dass keine Zeit für Fragen war.

«Zerkratz den Kreis.»

Ich bückte mich und spürte ihre Hand auf meiner Schulter.

«Du blutest, Hilo», vernahm ich ihre besorgte Stimme die auf einen sanften Unterton schwebte. Aber ich zuckte nur die Schultern, während ich mit der Klinge am Holz zu kratzen begann. Sie untersuchte die Wunde, ich spürte ihre Finger den Riss in meiner Kleidung vergrößern und mein Fleisch abtasten. Es schien nicht schlimm zu sein, sie ließ kurz danach beruhigt ab. Der Kreis war durchbrochen.

Die Hunde bellten haltlos. Aliana schob mich an die Seitenwand und öffnete die Tür. Vier riesige Jagdhunde standen grimmig erregt und nach Blut lechzend vor einem großen Tisch, dahinter saß ein Mann. Die Hunde wurden lediglich durch die Autorität ihres Herrn davon abgehalten sofort auf uns Eindringlinge zu stürmen.

Aliana machte eine höhnische Verbeugung und bemerkte scharfzüngig: «Edler Graf Anceau de Garlande, schön dass Ihr geneigt seid uns zu empfangen.»

Es war der Graf von Rochefort, für den ich in meine dritte Schlacht zum Sterben gezogen war, der vom Amt enthobene Senneschall Frankreichs. Er erhob sich und erwiderte mit leiser Stimme: «Weiche Dämon!»

«Nein, kein Dämon», informierte ihre süffisante Stimme, «lediglich eine Tochter der Schatten.»

Der Raum wirkte hell ausgeleuchtet, und wie zur Bestätigung deutete er in einer öffnenden Armbewegung auf die vielen Lampen. Sie nickte ihm bestätigend zu: «Schöne Lampen für wahr. Auch wunderbare Jagdtiere die ihr besitzt. Aber kommen wir zu meinem eigentlichen Anliegen, die Nacht vergeht sonst ohne uns. Und ich bevorzuge Dunkelheit.»

Ich sah sein Gesicht in Todeskenntnis erstarren, als Aliana mit einer Geste den Raum in völlige Dunkelheit tauchte.

«Ich verstehe nicht, Aliana», fragte ich sie, immer noch auf den blassen Körper schauend, fasziniert, dass nicht einmal eine Blutlache geblieben war. Aliana schritt die Kabine ab, betrachtete Skripte in den hölzernen Regalen an den Wänden und lose Pergamente auf dem Tisch. Alles traf ein sorgfältiger aber fast gelangweilter Blick.

«Die drei Wachen vorhin, es lag nicht an Dir, dass Du nicht gegen sie anzutreten vermochtest, Hilo. Es waren Unsterbliche. Du hast Dich überraschend gut geschlagen.»

Ich überlegte einen Augenblick und wandte ein: «Sie schienen außer Geschwindigkeit und Kraft über keine Fähigkeiten zu verfügen, welche sie eingesetzt haben.»

Halb eine Frage, halb eine Feststellung. Ein Pergament band sie länger, bis sie erwiderte: «Richtig, sie waren noch jung in meiner Art. Ein Vampir muss seine Fähigkeiten erst erlernen, dies dauert viele Jahre und kostet viel Blut.»

«Bedeutet dies, sie wurden erst kürzlich gewandelt?»

Aliana nickte, bis ihr auffiel, dass sich ihr kürzlich durchaus von dem meinigen unterschied: «Ich schätze an die zehn Jahre.»

Ich zuckte mit den Achseln, und sie fügte erklärend hinzu: «Etwas weniger als die Hälfte Deines Lebens.»

«Außerdem kannte unser Ziel Schutzmaßnahmen gegen uns Kinder der Dunkelheit. Hunde, die alle Vampirarten außer den Tierwandlern aufspüren, das Ausleuchten aller Ecken, damit keine ausreichenden Schatten entstehen. Das alles war kein Zufall, sowie ...»

Ich fiel ihr ins Wort: «Aber die plötzliche Dunkelheit?»

«Die Fähigkeit eines Schattengängers wie mir, wenn er sehr mächtig ist. Licht für eine begrenzte Zeit eindämmen, Dunkelheit werfen. Dies erfordert eine alte Machtlinie, also entweder ein hohes Alter des Vampirs oder des gesammelten Blutes.»

Ich stutzte, denn mir wurde etwas bewusst, über dass ich nie nachgedacht hatte, weil ich ihre Jugend immer vorausgesetzt hatte. Dunkelheit werfen - Aliana musste sehr mächtig sein und somit wahrscheinlich unglaublich alt. Keineswegs knapp wenige Jahresfeiern mehr als ich.

«Außerdem», führte sie die Stelle fort, an der ich sie unterbrochen habe, «hatte Anceau de Garlande diesen Bannkreis.»

Sie deutete auf die Reste der roten Linien am Türeingang. Der Kreis, welchen ich unterbrochen hatte. Ich nickte, um sie in ihren Erklärungen nicht weiter zu unterbrechen.

«Das ist ein Ritual des Hauses Baphomet, beziehungsweise ihres ursprünglichen Blutes, der Machtlinie der Blutmeister, der ersten des Hauses Baphomets. Sie führen Rituale mit Blut durch, wie dieser Bannkreis für Vampire. Auch der Beutel mit dem Herzen im Gang. Ich vermute die drei Vampire dort draußen sind von diesem Haus. Demnach hätte der Senneschall sehr gute Kontakte zum Hause Baphomet, wenn drei Mitglieder zu seinem Schutz abgestellt wurden.»

Ich legte die Arme schützend um meinen Körper, nachdem die Anspannung verflogen war, spürte ich deutlich die Kälte und meine feuchten Sachen. Was sie berichtet hatte, schien Aliana sehr zu beschäftigen. Ich konnte zum damaligen Zeitpunkt, trotz meiner Ausbildung in der Kunst des Hofes, die politischen Ausmaße nicht erahnen. Aliana sah wie ich fror, nahm das Bärenfell vom Boden und legte es mir um die Schultern, ihre Hand berührte dabei leicht meinen Nacken.

«Du musst die nassen Sachen loswerden, Hilo, und wir brauchen ein Feuer um sie zu trocknen.»

Ich schüttelte tapfer den Kopf: «Nein, Aliana. Bald graut der Morgen, bis dahin müssen wir weit weg sein, ein gestrandetes Schiff ist zu auffällig, und wir sollten zu dem verlassenen Dorf zurückkehren.»

Alianas Augen starrten mich an, seltsam brannten sich ihre Pupillen in meine. Ich wusste nicht, was sie dachte.

«Du wirst eine Erkältung davon tragen, Hilo. Menschen sterben daran oft.»

«Dann reiten wir schnell. Um so eher komme ich zu meinem Feuer», lächelte ich sie bestimmt an und deutete zur Tür. Sie warf einen letzten Blick in die Kabine, nahm eines der Pergamente vom Tisch und warf eine der Öllampen zu Boden, rasch fingen die Holzplanken Feuer.

Rasch trugen uns unsere Pferde davon, und wir erreichten das Dorf sehr knapp vor dem Schein der aufgehenden Sonne. Ich bekam mein Feuer, und Aliana einen Platz in Dunkelheit.

LOYALITÄT

Es war am letzten Tag meiner Menschlichkeit. Anders als man denken mag.

Aliana hatte mich am frühen Abend in meiner Kammer besucht. Sie trat ohne Umschweife und falsche Zier in mein kleines feuchtes Zimmer, drehte sich um die eigene Achse, und ich glaubte ein Lächeln zu sehen, als sie den Ehrenplatz bemerkte, den die zeremonielle Rüstung ihrer Familie einnahm. Das Lächeln war nicht mehr vorhanden, als ihr Blick auf mich schwenkte. Es war diese Mischung aus wissendem und analysierendem Ausdruck, den ich bereits von ihr kannte.

«Hilo, wie geht es Deiner Verletzung?»

Seltsam, Sorge hatte ich eigentlich nicht in ihren Augen gelesen. Vielleicht steckte mehr an Emotionen in ihr, als ich glaubte. Ich winkte ab: «Sie heilt, der Quacksalber hat etwas darauf geschmiert.»

«Darf ich sie sehen?»

Ihre Stimme war dabei nicht freundlicher als bei allen anderen Begebenheiten, aber zumindest bat sie um mein Einverständnis, statt mir meine Kleidung aufzureißen. Ich nickte und entledigte mich meines Oberkleides.

Sie schloss die Tür - als ob irgendeine Seele sich hierher verirren würde - und trat beinah zaghaft hinter mich. Finger wie metallene Instrumente, kalt und stahlhart umtasteten behutsam den Wundrand. Die Kühle tat sehr gut, und ich senkte rasch den Kopf, damit meine Schulter frei lag und damit sie meinen genießerischen Blick nicht zu entdecken vermochte.

«Hm, Du hast Recht, Hilo. Ein Quacksalber. Mein Vater würde ihn ertränken.»

Ich musste verwirrt gezuckt haben, sie fügte hinzu: «Nicht wörtlich. Mein Vater Imhotep lebte vor fast 4000 Jahren in Ägypten, er entwickelte Heilmethoden und war Arzt. Nicht wie die Scharlatane dieser Länder, ein echter Arzt der genauestens den menschlichen Körper kannte. Eigentlich war Imhotep ein Gelehrter, ein besonderer Mensch schon zu seinen sterblichen Zeiten. Ein Genie in der Baukunst und der Medizin. Er war engster Berater und Freund von Pharao Netjerichet. Das ist sein Horusname. Er ist auch als Pharao Djoser bekannt.»

Sie massierte vorsichtig mit der linken Hand meine Schulter und werkelte an meiner Wunde, die sich taub anzufühlen begann, so dass ich nicht wahrnahm, was genau sie tat.

«Als Sohn des Architekten Khanofer hatte er alles über den Entwurf und die Planung von Bauwerken gelernt. Er schuf die erste Steinpyramide für seinen Pharao mit Hilfe der Nilbauern, die er in ihrer brach liegenden Zeit arbeiten ließ, die Djoser-Pyramide von Sakkara. Er erfand zahlreiche wundersame Geräte, die den Bau erst ermöglichten. Wahrscheinlich hat er sogar den Flaschenzug erfunden, der Dir beinah auf der Flucht vor mir das Leben kostete.»

Ich spürte, wie sie in meinem Rücken leicht grinste. Ich verstand nicht viel von dem, was sie sprach, aber ihre Stimme beruhigte mich und die Massur ihrer Finger hätte ich gern für immer gespürt: «Leider war der Bau der Pyramide auch sein Ende als Sterblicher. Der Pharao galt als Sohn des

Gottes Re oder Ra, wie er auch genannt wird. Der Sonnengott. Einer der vielen Götter des ägyptischen Glaubens, der mächtigste. Er trat einst von einem Berg hinab um die Menschen zu erschaffen. Die Pyramide diente als Treppe zum Himmel, damit der Pharao von dort nach dem Tod zu seinem Vater aufsteigen konnte. Aber eine schreckliche Tragödie geschah.»

Aliana stoppte kurz, ich vermisste auf Anhieb ihre Berührung, bis sie fort fuhr.

«Imhotep schuf als Berater des Pharaos Bewässerungssysteme um die Felder zu versorgen, auch wenn der Nil nicht wohl gesonnen war. Er rettete damit zahlreiche Ernten. Als engster Vertrauter des mächtigsten Mannes seiner Zeit gab es viele Neider.»

Aliana seufzte sehr leise.

«Als mein Vater vom Pharao zum Hohepriester des Gottes Ptah von Memphis und des Sonnengottes Re von Heliopolis ernannt wurde, hassten ihn viele Menschen dafür. Mit Sicherheit so viele, wie ihn geliebt haben. Liebe.»

Sie seufzte erneut.

«Um den Pharao für den Weg zu seinem Vater und in die Unsterblichkeit vorzubereiten, schuf mein nächtlicher Vater Imhotep die Kunst der Mumifizierung, man leerte die Körper der Toten und ihr Inneres wurde in Kanopen bewahrt, Gefäßen wie Urnen. Das irritierte einige weitere und die Front seiner heimlichen Feinde wuchs.»

Ein leichtes Streifen mit der Hand über mein Haar.

«Sie brachten den Pharao selbst gegen ihn auf, mit Gerüchten, dass mein Vater seiner Frau Hetephernebti nachstellte. Einer Frau, deren Name 'Das Antlitz der beiden Herrinnen sei zufrieden' bedeutet.»

Sie spukte wütend aus, fuhr dann fort: «Imhotep war ihm doch treu ergeben. Wie der Name meines Vaters bedeutete 'Der in Frieden kommt' war er auch. Ein friedfertiger Gelehrter, dem das Wissen am wertvollsten war. Doch der Pharao ließ sich beeinflussen. Er gierte letztendlich Imhotep nach dem Leben, der ihm seine Freundschaft geschenkt und all sein Wissen gestellt hatte. Die Gerüchte, dass seine eigene Frau seine Halbschwester sein sollte, ignorierte er, aber die Ungeheuerlichkeit, meinen Vater des Verrats zu beschuldigen, die glaubte Netjerichet. Mein Vater erfuhr davon, dass sein Leben bedroht wurde. Das Drama nahm seinen schrecklichen Lauf und mein Vater stellte sich gegen seine eigene Religion, dessen Glauben er stets gelebt hatte. Er tötete Netjerichet heimlich, den Pharao, den Sohn des Sonnengottes. Göttlicher Frevel, das grausamste Sakrileg. Ähnlich Longinus, dem römischen Soldaten, der Euren Jesus die Lanze in die Seite stieß. Beide wurden verflucht. Mein Vater merkte es nicht sofort. Die Blutgier überfiel ihn in der Nacht, nachdem er Djoses Einbalsamierung geleitet hatte. Seit dieser Nacht trug er den Fluch, die Sonne war ihm verdammt und über die Jahre lernte er die Kräfte der Schattengänger und lebte von Blut als Unsterblicher.»

Aliana hatte beide Hände auf meine Schultern gelegt und streichelte sie zärtlich. Ich hatte die Augen geschlossen, konzentrierte mich auf die Bewegungen ihrer Fingerkuppen und das seltene behutsame Kratzen ihrer Nägel.

«Der Fluch wird durch ein Sakrileg geboren. Ein ungeheures Sakrileg an einem starken Glauben. So vermutet es mein Vater, und meine Art glaubt daran. Sicher ist es so. Begeht man das schlimmste vorstellbare Sakrileg an dem eigenen Glauben, der durch unzählige Seelen bestätigt wird, so verliert man den Segen der Sterblichkeit und ist verdammt. Später lernte mein Vater, dass auch er diesen Fluch weiter zu geben vermochte. Durch seine Unsterblichkeit und seine Mächte und Kenntnisse wurde er oft für einen Gott gehalten, bis er sich entschloss aus der Welt der Sterblichen zu treten und unerkannt zu bleiben. Wie die meisten Vampire dies tun. Im ägyptischen Neuen Reich galt er als Gott des Heilwesens, in Memphis und Theben als Sohn Ptah. Schreiber sollten ihm bei jedem Werk einen Tropfen Tinte opfern. Selbst die Griechen sahen ihn als Gott auf seinen Reisen. Sie nannten ihn Imuthes, Heilgott Asklepios. Mein Vater war an zahlreichen Orten und vielen Zeiten und hat sich dem Wissen gewidmet. Er ist ein gelehrter Mann, auch als Unsterblicher, und hat Gideon und mich vieles gelehrt. Deine Wunde wird bald genesen sein.»

Ich glaubte einen Kuss auf meinen Haaren zu spüren, dann verließ sie Kammer mit den Worten: «Wir sollen uns nach dem Stundenruf der Abendpatrouille beim König einfinden. Das ist in Kürze. Besser Du ziehst Dich an und findest Dich dort ein.»

Mit einem Seitenblick auf die Rüstung fügte sie hinzu: «Es wird Zeit, dass Du eine echte Rüstung von meinem Haus erhältst.»

Suger von Saint-Denis fing mich vor den Königsgemächern ab. Ich trug eine feine Ledertunika, das beste was ich nach der Rüstung von Aliana besaß. Er sah mich streng an, aber Autorität verliert an Stellung, wenn man neben dem Tod dient: «König Ludwig erwartet einen Bericht.»

Ich nickte ergeben und trat zu den Wachen um eingelassen zu werden. Suger hielt mich an einer Hand auf.

«Es ist sehr wichtig für Frankreich, alles zu erfahren!»

Ich nickte ein weiteres Mal aufrichtig, und er ließ mich eintreten, mir folgend. Ich kniete vor dem König nieder, der wie gewohnt mit seiner Krone spielend an seinem Steinblock saß. Gideon stand in einer Ecke des Raumes, seine Augen folgten mir. Aliana stand an einem Fenster und sah hinaus. Ich wunderte mich, warum sie nicht herüber sah, es schien mir als mied sie meinen Blick.

«Berichte dem König von Eurem Auftrag, Hilo», wies Suger mich an, König Ludwig VI. sah nicht einmal auf, verfolgte seine eigenen Finger, die die Goldzacken umfuhren. Ich glaube, er war am aufmerksamsten, wenn er abwesend wirkte.

Ich setzte an: «Wir erreichten das Schiff des Senneschalls, ich...»

Suger unterbrach mich zurechtweisend: «Nenne dieses illegitimen Verräter nicht...», woraufhin der König seinen Berater unterbrach: «Schon gut, er war der Senneschall. Weiter.»

Von Saint-Denis zuckte zusammen und wich einen Meter zurück. Ich brachte in knappen Worten meine Geschichte zu Ende.

«Ich schwamm zum Schiff, zwang es an Land, gewährte Aliana Einlass in dem ich den Kapitän überzeugte sie einzuladen, dann drangen wir zu dem Senneschall vor und Aliana tötete ihn. Wir verließen das Schiff und kamen zurück.»

König Ludwig legte seine Krone auf den Tisch und schaute mich an: «Mehr ist nicht passiert?»

Ich schluckte: «Auf dem Hinweg stoppten wir tags in einem Dorf. Auf dem Rückweg natürlich auch», fügte ich eilig hinzu, «Aliana kann tags nicht reisen. Und am Ufer des Flusses waren Wachen, die ...»

«Nein. Am Bord des Schiffes. Geschah dort nichts Ungewöhnliches?»

«Hm», stotterte ich, «Aliana ...»

Ich sah sie am Fenster den Kopf ein winziges Stück wenden, als ich ihren Namen nannte.

«... selbst und Ihre Kräfte waren natürlich nicht gewöhnlich, falls Ihr das mei ...»

Er setzte sich in seinem Sitz auf und beäugte mich: «Nein, dass meine ich nicht. Gab es Spuren von anderen Vampiren auf dem Schiff? Ich will wissen, ob die Gerüchte stimmen, und der Senneschall Kontakt zu Vampiren hatte.»

Ich zuckte unsicher die Schultern: «Ich bin kein Meister darin, mein König. Aliana weiß besser als ich ...»

Der König hatte wieder nicht vor, mich ausreden zu lassen: «Aliana hat keine Spuren von Vampiren wahrgenommen. Aber vielleicht ist Dir etwas aufgefallen, irgendeine Kleinigkeit, ein fremdes Symbol, ein Zeichen, eine Person, die sich seltsam verhielt?»

Aliana hatte ihn angelogen. Mir dämmerte die Wahrheit. War es nicht Gideon, der mir gesagt hatte: «Könige vergehen, meine Art nicht.»

Der Mann, der die Krone besaß und vor mir hinter dem breiten Marmor Platz bezogen hatte, der im gesamten mir bekannten Reich der Sterblichen über Leben und Tod nach seiner Willkür entschied, dieser Mächtige war nichts als ein Spielball, eine Figur, die man nach Belieben verschob. Was würde geschehen, wenn ich ihm die Wahrheit sagte?

«Nein, mein König», schüttelte ich den Kopf.

Er entließ uns alle.

Es war in der Nacht, dass ich Aliana und Gideon folgte, als sie zu ihren Gemächern liefen. Für einen Sterblichen war ich außerordentlich geschickt mich zu verbergen, die harte Ausbildung hatte diese Fertigkeit noch erhöht. Ich lauschte an der Tür von Alianas Gemach, Gideon war zu ihr eingetreten: «Jetzt haben wir Hilo auch missbraucht.»

«Wieso missbraucht, Schwester?»

«Ihn gezwungen die Unwahrheit zu sagen.»

Es waren nicht meine Worte, nicht meine Entscheidung gewesen? Er lachte zwar leise, aber mit auf der Tür gepresstem Ohr gut zu verstehen.

«Hast Du deshalb vorgezogen aus dem Fenster zu starren und ihn nicht anzusehen, Schwester? Dachtest Du, er leidet dabei, wenn ich ihm Wörter in den Sinn lege?»

«Verärgere mich nicht, Gideon, meine Sinne sind dunkel genug gestimmt!»

Er lachte erneut: «Ach, Schwester. Du sorgst Dich mehr um ihn, als es einem sterblichen Diener obliegt. Aber mein Verständnis und meine Loyalität sind Dir sicher. Wie übrigens auch Hilos.»

Wütend fuhr sie ihn an: «Ich will nicht, dass Du ihm jemals wieder Deinen Willen aufzwingst!»

Er antwortete belustigt: «Dann freut es Dich sicher, dass ich heute eine Entscheidung getroffen habe. Ich dachte mir, es schadet nicht ein Risiko einzugehen und König und Berater aufs Spiel zu setzen. Im schlimmsten Fall hätte ich ihre Sinne manipulieren können.»

Nach seinen Worten gab es eine Pause, dann Alianas betörend gefährliche Stimme: «Wie meinst Du das?»

Er schien zu wissen, dass er seine Schwester genug gereizt hatte: «Ich habe ihn nicht manipuliert. Seine

Loyalität ist echt. Ich wollte es ausprobieren und habe nichts getan. Ich dachte mir, das Wissen einen echten Verbündeten zu haben, ist ein Risiko wert. Hilo ist treu ergeben, warum musst Du selbst herausfinden. Und wie mir scheint, bist Du es auch ihm gegenüber, soviel Sorgen wie Du Dir machst.»

Ich vernahm ein halb wütendes Grollen, dann wieder Gideon: «Beruhige Dich, Aliana. Ich war Dir immer ein liebender Bruder, und was auch immer Du für ihn empfindest, ich werde ihn nicht minder freundlich behandeln.»

Ich hörte Schritte und entschloss mich in meine Kammer zu verschwinden, bald würde mein nächtlicher Unterricht beginnen.

«Gideon?»

Alianas Stimme, die ihren Bruder zurückrief. Das hörte ich mir noch an, bevor ich davon lief: «Danke Dir ihn nicht gezwungen zu haben.»

Ich hatte meine Loyalität Aliana hingegeben. Mit dieser Entscheidung verlor ich meine Menschlichkeit, hatte ich nicht meine eigene Art verraten?

DER KREUZZUG

Es geschah Monate später, sofern mich meine Erinnerung nicht trübt. Unsere nächste wichtige Mission für den König brach an. Sie brachte mich in ein fernes Land.

Ich reiste in einer Gruppe aus insgesamt sieben Rittern und zwei weiteren Knappen. Vier der Ritter gehörten dem Hause Baphomets an, drei Imhoteps, darunter auch Aliana. Die vier Ritter aus dem Hause Baphomets waren Alianas offizielle Eskorte als Fürstin des Hauses. Die beiden anderen waren von der Leibgarde Imhoteps und stellten sein Geschenk für seine Tochter dar. Die zwei Knappen waren Diener der Vampire, sie stammten aus den menschlichen Untertanen Alianas.

Aliana und ihre Familie hatten viele Getreue unter den Sterblichen, sie halfen, wenn sie benötigt wurden und gaben teils freiwillig ihr Blut. Nicht bis zum Tode, aber um der Vampire Gier zu stillen. Als Leistung für diese Vasallen standen sie unter dem Schutz des Hauses und wurden nicht gejagt, doch vor anderen Alianas Art geschützt und unterstützt durch das Wissen, die Fertigkeiten und die Reichtümer des Hauses Imhotep. Auch andere Häuser schienen teils dergleichen zu verfahren. Ich glaube König Ludwig wusste weder davon, noch von der großen Macht der Häuser.

Die zwei Knappen und ich waren für die Sicherheit bei Tag zuständig. Nachts ritten wir mit den starken Geschöpfen der Dunkelheit, tags schlief einer von uns im Wechsel, die anderen hielten Wache. Es war anstrengend und die Schlaflosigkeit zerrte an meinen Nerven. Wir sind vom König geschickt worden, um eine Untersuchung in Outremer vorzunehmen.

Ein paar der Hintergründe hatte ich verstanden. Der Graf von Rochefort war verwandt gewesen mit König Ludwigs erster Frau Lucienne de Rochefort, von der er sich vor zwölf Jahren getrennte hatte. Nach drei kurzen Jahren war die Ehe gelöst worden. Der Graf, der gegen König Ludwig intrigiert hatte, war auch Seneschall von Frankreich gewesen, dass höchste militärische Amt des Reiches. Daher war niemals aufgeklärt worden, dass er sich gegen den König gestellt hatte, Ludwig ließ es aus allen Schriften entfernen und geheim halten. Offiziell wurde des Königs Senneschall Anceau de Garlande im Krieg gegen Hugues du Puiset ehrenhaft getötet. Auf diese Weise entledigte man sich seiner Gegner am Hofe.

Das Pergament, welches Aliana dem König vom Schiff des Senneschalls mitgebracht hatte, war ein Schriftstück von einem anderen Adligen, mit dem der Graf in Verbindung gestanden hatte. Es handelte unter anderem von dem Plan in Outremer einen neuen Ritterorden zu gründen, der die Pilger bei ihren Reisen in das Heilige Land beschützen sollte.

Der Begriff Outremer stammte aus dem französischen und bedeutete zusammengesetzt 'Jenseits des Meeres' und bezeichnete die Gesamtheit des Königreiches Jerusalem, das Fürstentum Antiochia, die Grafschaft Edessa und die Grafschaft Tripolis.

Alle vier Kreuzfahrerstaaten, welche die Franken nach dem ersten Kreuzzug zu meiner Geburt in Palästina und Syrien errichtet hatten. Die Gesamtheit aller Kreuzfahrer wurde gerade unter den arabischen Ländern als Franken bezeichnet.

Der erste Kreuzzug war längst vorbei, der zweite würde erst noch kommen. Ich verstand noch nicht, warum die Gründung dieses Ordens soviel Interesse hervorrief. Allerdings wusste ich mehr, als König Ludwig VI. Sein Senneschall hatte mit Vampiren Kontakt gehabt, höchstwahrscheinlich mit dem Haus Baphomet, dessen Fürstin jetzt Aliana war. Fürst Kalai hatte also vielleicht gemeinsam mit dem Graf von Rochefort intrigiert. Vielleicht hatte er seine Klauen mit im Spiel um die Fäden in der Dunkelheit zu ziehen und ein Netz zu weben. Die Politik der Sterblichen und der Fürsten der Dunkelheit war ein grausames Machtgewebe.

Wir waren auf Reise in das Heilige Land nach Akkon oder Akko, der christlichen Hauptstadt Outremers. Dazu würden wir eine Seereise auf uns nehmen, hatte mir Aliana erklärt. Akkon war nicht ausschließlich die dortige Hauptstadt, sondern auch die wichtigste Hafenstadt für die Nachschublinien der christlichen Pilger und Krieger in Outremer.

In der Nacht vor der Fahrt von Marseille war ich aufgeregt zu Aliana geschlichen und hatte sie mit einem verstohlenen Blick aus der Gruppe gelöst. Ein paar Schritte entfernt flüsterte ich ihr zu: «Ich sah einen Wolf, wie er uns folgte. War das ...»

Sie legte mir einen Finger auf den Mund und kniff die Mundwinkel zusammen: «Hm, mag sein. Somit weiß Kalai jetzt, wohin wir unterwegs sind. Ich denke am Hafen lässt sich leicht herausfinden wohin wir fahren. Aber das ist nicht schlimm, er hätte es ohnehin erfahren.»

«Wir haben doch Vampire seines Hauses bei uns.»

Sie blickte kurz über die Schulter zu den anderen: «Ja, aber keine die ihm zu ergeben sind. Dies ist meine offizielle Eskorte als Fürstin Baphomets und Prinzessin Imhoteps. Sie hätten ihn nach der Reise sicher informiert, aber bislang kennen sie unser Ziel nicht und haben keine Möglichkeit ihn zu kontaktieren. Etrehl aber wird es tun. Gut, dass Du wachsam bist, Hilo.»

Wir ritten bis Marseille und schifften dort ein. Das gewaltige Segelschiff hatte meinen Respekt. Aliana verschwand mit den anderen Rittern unter Deck und lediglich in der Nacht tauchten sie auf um über die Wellen zu starren. Ich glaube, die Männer an Bord waren Untertanen des Hauses Imhotep. Sie zeugten Aliana gebührend Respekt, wunderten sich nicht über ihre Weiblichkeit, als sie ihren Helm absetzte und verloren kein Wort über die Eigenarten ihrer Passagiere. Für uns drei Diener war die Fahrt entspannend, unsere Wachsamkeit war nicht so notwendig wie an Land, und wir hatten mehr Zeit uns auszuruhen. Und die benötigten wir auch, ich zumindest: an der Reling stehend und durch die ständig wiederholende Entleerung meines Magens beweisend, welch ein Landei ich war.

In der zweiten Nacht trat Aliana zu meinem Platz hinter einigen Kisten, wo ich über der Reling hing und umarmte mich von hinten, ihren kühlen Körper wohlig an mich schmiegend: «Du solltest etwas Brot zu Dir nehmen, Hilo.»

Ich würgte, bevor ich antwortete: «Oh nein, dass würde ich wieder ausstoßen, noch bevor ich fertig wäre.»

Sie lachte, es war ein herrliches freies Lachen. Es musste an der Freiheit auf See liegen, die Ferne von allen

Verpflichtungen: «Ach, Hilo. Der menschliche Magen ist ein Phänomen. Er wird ruhiger, wenn er ein wenig gefüllt ist, vertraue mir. Hier.»

Sie reichte mir über die Schulter einen kleinen Klumpen des Brotes, Teil des Proviants, der mit uns in Marseille an Bord geschifft worden war. Ich biss ein Stück ab und ließ mich füttern, während mir der frische Seewind ins Gesicht flog.

«Wie lange muss ich das noch ertragen?», fragte ich sie. Aliana flüsterte mir ins Ohr: «Dass ich Dir Brot in den Mund führe?»

Ich lachte zurück und erwiderte: «Nein, dass kann ewig so weiter gehen. Ich meine, dass ich es wieder verliere.»

«Die Reise dauert übers Meer zwölf bis fünfzehn Tage bei der Witterung. Zwei sind rum, also mit Glück noch zehn», ich spürte ihr Grinsen an meinem Nacken, «und Du hast keine Ahnung wovon ich spreche, weil Dir zahlen nichts sagen.»

Spielerisch erbost biss ich neben das Brot in ihren Finger. Ich glaube sie lächelte: «Hilo, Du wirst es überstehen. Iss täglich Dein Brot, und die Rückreise wirst Du als sehr schön empfinden.»

«Bei Gott, wir müssen wieder mit dem Schiff zurück?»

«Woran dachtest Du denn?»

«Was tun wir überhaupt bei dieser Ordensgründung?»

«Der König will, dass wir prüfen, wie der Orden ihm zugetan ist. Immerhin scheint sein größter Widersacher vor seinem Tod an der Planung dieses Ordens mitgewirkt zu haben.»

Ich nickte, meine Wange streifte dabei ihren Unterarm, da sie mir ab und an Brot zusteckte.

«Ja, sicher. Aber da ist mehr, der König weiß nicht alles.»

Aliana strich mir mit der freien Hand angenehm über das Haar: «Das solltest Du nicht vor ihm erwähnen», lachte sie, «ich denke, er hält sich für allwissend. Du weißt doch, wer noch mit dem Senneschall Kontakt hatte.»

Es ging wie vermutet um die Geschicke der Dunkelheit. Hier war mehr zu erledigen, als der Auftrag des Königs.

«Ihr benutzt den König, nicht wahr?»

«Ludwig VI., getaufter Louis Thiébaut, ältester Sohn König Philipps I. von Frankreich und dessen erster Frau Bertha von Holland, früherer Graf von Vexin und 19 Jahren König und Mitregent Philipps, dessen Thron er vor elf Jahren erbte, mag ein schlauer Mann sein. Aber er hat scheinbar nicht Deine Intelligenz, Hilo», ein Stück stolz schien in ihrer Stimme zu klingen.

«Dein Bruder manipuliert ihn mit seinen Kräften», stellte ich fest.

«Du hast uns durchschaut. Wir nutzen den König wie er uns nutzt. Er will von uns Schutz vor seinen Feinden, wir ebenso. Dieser König sichert uns Kontrolle. Was wir Vampire vor allem verhindern müssen, ist, dass unsere Existenz den Sterblichen bekannt wird und die gesamte Welt auf uns Jagd macht. Wir wollen nicht den Schmerz erleben ewig erneut zu sterben oder verbannt zu werden.»

«Verbannung?»

«Du tötest einen Vampir, und wenn er zu Staub zerfällt sperrst Du den Staub an mehreren Orten ein, so dass er nicht zusammen findet und auferstehen kann. Verbannung ist schrecklich, eine der schwersten Strafen für meine Art», erklärte sie mir mit trockener Stimme, «Wir nutzen es manchmal um Angehörige unserer Art, die gegen unsere Gesetze verstoßen, Maßzuregeln.»

«Das klingt schrecklich. Du hast es mir schon einmal erläutert, glaube ich, Aliana.»

Sie ging auf meine Bemerkung nicht ein: «Die Kontrolle über die Herrschenden ist für uns sehr wichtig, Hilo. Wir geben, und wir nehmen.»

«Warum will der König nicht von Euch getauft werden? Will er nicht die Unsterblichkeit?»

Sie streichelte meinen Nacken: «Er verlangt es immer wieder, aber wir verweigern es ihm. Ich selbst sagte ihm letztlich, wenn er jemals wagt es erneut zu fordern, werde ich nach seinem Blut lechzen, ihn austrinken und seinen Körper vertilgen.»

Ich zuckte. Sie lachte: «Ja, so hat er auch reagiert und niemals wieder danach gestrebt. Ein König, ein herrschender Sterblicher mit unserer Macht wäre ein zu gefährlicher Faktor für alle Welt. Ein solches Geschöpf würde letztendlich seine Macht und die Macht seiner Armeen versuchen zu kombinieren um die Welt zu erobern und sie damit ins Chaos stürzen. Ganze Armeen voller Vampire oder ein unsterblicher Herrscher, der sich für einen Gott hält, das braucht keine Seele.»

«Warum verheimlicht Ihr ihm den Kontakt des Senneschalls mit Vampiren?»

«Wir wollen nicht, dass er Vampire auf der Seite seiner Feinde sieht. Wer weiß, ob er dann nicht letztlich unsere Art für eine größere Bedrohung denn für einen Nutzen hält. Daher soll er davon nichts erfahren.»

«Und was denkt Ihr über diese Verbindung?», fragte ich nach. Ich fühlte mich bei Aliana geborgen und hatte keine

Angst. Sie hielt mich schützend im Arm, und ich dachte die Erlaubnis zu haben, alles zu erfragen.

«Das wird diese Reise zeigen. Du weißt, welches Haus ich als Zugehörigkeit der Vampire auf dem Schiff vermutete?»

«Ja», sagte ich und dachte an das Haus Baphomet.

«Dann beobachte gut unsere Mitreisenden, Hilo», gab sie mir auf und küsste mich in den Nacken, bevor sie verschwand. Ich stand verwirrt an der Reling.

Akkon lag auf einer Landzunge am nördlichen Rand in der Bucht von Haifa. Umgeben von einer großen Festungsanlage, galt die Stadt als uneinnehmbare Zuflucht der Christen im Morgenland. Kreuzfahrer unter Balduin, dem jüngeren Bruder von Gottfried von Bouillon, eroberten vor 15 Jahren diese Hafenstadt, und seit dem hielten die Christen sie. Die Mischung der alten arabischen Kultur mit den neuen Bauten der Christenheit wirkte atemberaubend. Schön anzusehen war die Zitadelle mit dem ersten gegründeten Hospital des Johanniterordens, die meine Augen erblickten, als das Schiff Kurs in den Hafen nahm. Es war helllichter Tag und die Vampire ruhten unter Deck. Die Mannschaft würde mit für ihre Sicherheit an Bord sorgen, aber jetzt waren wir drei sterbliche Begleiter wieder gefordert.

Ich beäugte das tumultartige Treiben am Hafenkai als wir einliefen, Araber in weiten Leinen und christliche Ritter in schwerer Bewaffnung, sowie Händler aller Zuordnungen bildeten den Pulk. Niemals zuvor hatte ich eine solche Kleidermischung gesehen, geschweige denn die seltsamen Hautfarben vieler Menschen. Neugierig zog ich die Seeluft in die Nase, die nunmehr nicht nur salzig roch, sondern nach fremdländischen orientalischen Speisen, Gerüche die für meine Nase völlig neu waren. Kaum hatte ich gelernt, das Meer zu mögen, war ich in einem neuen Land.

Später würde ich hier einige Jahre verbringen, aber nicht bei dieser Reise. Outremer lag vor mir, ein Königreich, dass es zu entdecken galt.

Arme Ritter Christi

Akkon hatte ich nicht lange betrachten können. Den Tag hatte ich auf dem Schiff verbracht; wir waren noch in der Nacht aufgebrochen. Der Kapitän hatte uns Reittiere aus der Stadt bringen lassen, und wir ritten gen Jerusalem, der heiligen Stadt. Mein Herz schlug höher, denn wer sich oft genug vor Kälte in einer Kirche verbarg, der wusste aus den Geschichten der Geistlichen von der Bedeutung der Stadt. Dies war der Ort, der das Ziel aller Kreuzzüge darstellte, damals war allerdings eher von bewaffneten Wallfahrten die Rede. Der Begriff Kreuzzüge sollte sich erst hundert Jahre später prägen.

Jerusalem galt als das Ende unserer Reise und viele setzten Outremer lediglich mit dem Königreich von Jerusalem gleich, und sahen nicht die Gesamtheit der vier Herrschaftsgebiete. Eine der ältesten Städte der Welt, Zentrum und Ort religiöser Bedeutung vieler Glaubensrichtungen.

Zuletzt hatten Araber die Kontrolle der Stadt von byzantinischer Herrschaft an sich genommen. Doch vor zwanzig Jahren überrannte ein Heer von Rittern und Kriegern unter dem Befehl von Gottfried von Bouillon die arabischen Verteidiger, eroberte die heiligen Stätten und vernichteten in drei Tagen die gesamte Bevölkerung jedweder Religion. Nur wenigen gelang es zu fliehen. Die christliche Herrschaft über Jerusalem ist auf Blut gebaut. Das Königreich Jerusalem war entstanden und blieb bis zum letzten Jahr unter der Herrschaft Balduin I., dem sein Vetter Balduin II. auf den Thron folgte. Ich wusste dies alles von Aliana, sie war sehr gelehrt.

Die arabische Baukunst, welche ich bereits in Akkon bewundern durfte, traf ich auch hier an. Die vielen Türme, klein und groß, die Kuppeln, dieses verspielte Bild berauschte meine Sinne. Eine andere Kultur zu erleben, war ein Schlag ins Gesicht, der die Geister belebte.

Wir ritten in die Stadt hinein, und zwei weitere Ritter erwarteten uns hinter den Toren. Sie schienen auf uns gewartet zu haben, der eine ritt uns in den Weg, unser Trupp stoppte, und er grüßte Aliana. Er schien mir menschlich zu sein, aber mein Gespür war nicht perfekt. Aliana war in voller Kriegsrüstung gekleidet, wie auch die anderen Ritter unserer Gruppe, unter dem Helm war sie nicht als Frau zu erkennen. Der fremde Ritter trug ein weißes Habit und einen weißen Mantel, darunter wahrscheinlich eine leichte Rüstung. Er hob seine Stimme: «Seit gegrüßt edle Freunde. Ich bin Gottfried von Saint-Omer und habe die Ehre Euch in den Palast zu begleiten. Meine Kampfgefährten warten dort bereits. Euer Kapitän sandte freundlicherweise einen Boten, der uns verkündete, wann mit Eurem Eintreffen zu rechnen ist.»

Aliana ritt ein Stück näher an ihn heran: «Seid gegrüßt, Godefridus de Sancto Andemardo. Ich freue mich Euch kennen zu lernen. Bereits Euer Vater Wilhelm I. und Bruder Hugo führten ihr Schwert an meiner Seite. Es ist mir eine Ehre Euch kennen zu lernen.»

Ihre weibliche Stimme schien er entweder nicht zu bemerken, oder sie verwunderte ihn nicht. Der Ritter mit dem gestutzten Bart, der im Mondlicht leicht rötlich wirkte, wandte seinen Kopf zu ihr, sein Helm war am Sattel befestigt: «Ihr Wort über Euch war stets vom Besten gefüllt. Es freut mich, dass uns Euer persönliches Erscheinen vergönnt ist. Wahrhaft Großartiges habt Ihr zur Befreiung des Heiligen Landes vollbracht.»

Alianas Stimme wurde kein bisschen wärmer: «Mein Beileid über den Verlust Eurer geliebten Ehefrau.»

Er senkte den Kopf, schloss dabei die Augen, bevor er sie wieder ansah und antwortete: «Für sie bin ich heute Abend anwesend.»

Sie nickte ihm zu, bevor er fort fuhr: «Begeben wir uns zum Palast. Entschuldigt, aber die Zeit bis zur Audienz ist knapp bemessen.»

Wir ritten in den Palast zu Jerusalem, die beiden Ritter führten unsere Gruppe durch die engen Gassen. Es waren kaum Menschen zu der späten Stunde hier, wir begegneten lediglich einigen Wachen, die uns immer schnell aus dem Weg sprangen. Sie schienen sich an meine Grundregel zu halten - einem Ritter niemals nahe kommen. Leider konnte ich diese Regel nicht mehr befolgen.

Der Palast von Jerusalem, Sitz des Herrschers. Wir ritten durch das erste Tor, das die Wachen uns aufhielten und saßen von den Tieren ab. Knappen führten die Pferde fort, unsere beiden anderen Sterblichen begleiteten sie auf ein Flüstern von Aliana. Damit Aliana nicht auffiel setzte keiner der Ritter aus meiner Gruppe seinen Helm ab. Wir schritten hinter Gottfried, und er führte uns durch die mit detailreichen Gärten gesäumten Innenhöfe weiter in den Komplex hinein. So viele Blumen hatte ich auf den Höfen meiner Heimat nicht gesehen. Türen bestanden hier teils aus offenen Bögen mit dicken Vorhängen, aber auch schweren

Holzflügeln. Wir gelangten in einen geräumigen Saal, nachdem wir eine Treppe empor gestiegen waren. Hier waren wir allein mit dem fremden Ritter, sein eigener Begleiter hatte uns an der Treppe verlassen. Meine Ritter zogen ihre Helme ab, und Alianas schönes weiches Haar kam zum Vorschein. Gottfried kniete vor ihr, und sie legte ihre Hand auf seine Schulter.

«Aliana vom Hause Imhotep, mein Vater und mein Bruder haben den Lehnseid als Eure Vasallen geschworen. Auch ich möchte mich dergleichen unterziehen.»

Aliana schaute ernst auf ihn herab.

«Godefridus, Ihr werdet am heutigen Tag ein anderes Gelübde ablegen.»

Er schaute ehrfürchtig hoch in ihre Augen: «Ja, aber ich beschwöre den Eid zu Euch zu halten, dergleichen Ihr Fürstin des Hauses Baphomet seid.»

Aliana verstärkte den Druck auf seine Schulter: «Fürst Kalai ist der legitime Nachfolger des Ahn des Hauses Baphomet. Ich bin Fürstin als seine Ehefrau. Seid Ihr dem Hause Baphomet Untertan, vergesst nicht, ich bin auch Prinzessin des Hauses Imhotep.»

Er wich ihren Augen nicht aus: «Nach dem heutigen Abend werde ich stärker als jemals zuvor dem Hause Baphomet Untertan sein. Aber ich sehe als Erbe meines Vaters und in Gedenken an meinen Bruder die Treue und Loyalität zu Euch als meine wertvollste Pflicht. Gut kann ich mich erinnern, als ich Euch in meiner Kindheit traf, und wie ehrenvoll mein Vater damals bereits von den Schlachten mit Euch an seiner Seite sprach. Ich werde treu dem Haus Baphomet dienen, aber in Euch sehe ich meine Fürstin und auch dem Hause Imhotep will ich nicht schaden, da es vermag Euch zu gehören, Prinzessin. Auch mit dem heutigen Gelübde will ich meinen Eid an Euch nie brechen.»

Ich bemerkte, wie die Ritter aus dem Hause Baphomet skeptisch die Szene betrachteten. Auch ich wusste nicht, was davon zu halten war. Aber Aliana und Gottfried schienen zu verstehen, wovon sie redeten. Aliana nickte: «Dann Godefridus de Sancto Andemardo seid mein Gefolgsmann und dient mir als Vasall. Ich werde meine Pflichten meinem Vasall gegenüber stets befolgen.»

Er sprach mit fester Stimme: «Ich, Gottfried von Saint Omer, Sohn des Wilhelm, beeide meine Gefolgschaft zu Euch, Aliana, Prinzessin vom Hause Imhotep, Fürstin des Hauses Baphomet. Gelabt Euch immer an meinem Blut nach Euren Wünschen und seid Euch meiner Treue sicher.»

Er stand wieder auf und verneigte sich schwerfällig in der Rüstung vor ihr, entgegen zu den graziösen Bewegungen der Vampire trotz der schweren Kleidung. Dann rief mich Aliana heran und bat mich ihr beim Ablegen der Rüstung zu helfen. Ich löste die Verankerungen, und wir legten die Platten beiseite. Sie trug nur noch eine dünne Lederkluft: «Mein Begleiter wird an der Zeremonie als Zeuge für König Ludwig teilnehmen. Die anderen Ritter werden ihm folgen. Ich bevorzuge es nicht gesehen zu werden.»

Gottfried lächelte ihr zu: «Ich glaube auch nicht, dass der König auf Fragen verzichten würde, wenn er eine Frau unter den Rittern bemerken würde. Folgt dem Gang, hinter dem Vorhang gelangt ihr auf eine Brüstung, von dort habt Ihr Sicht auf den Saal. Wir müssen los.»

Gottfried, Alianas neuer Gefolgsmann, führte uns wieder die Treppe herunter, mir hatte Aliana vorher noch ein Pergament überreicht. Die anderen Ritter trugen Rüstung und Schwert, aber keinen Helm. Gottfried wandte sich an mich - nachdem Aliana mich als Zeuge von König Ludwig VI. aus der Heimat vorgestellt hatte, widmete er mir besondere Aufmerksamkeit: «Es freut mich einen Gesandten von König Ludwig am heutigen Abend an meiner Seite zu haben. Es ist ein wichtiger Tag und eine noch wichtigere Nacht. König Balduin weiß natürlich nicht von der Existenz der dunklen Art, wie alle anderen die nicht zu meiner Gruppe gehören, er ist ein wenig verwundert, warum die Audienz nicht bei Tag stattfindet. Aber Hugo von Payns fand eine Ausrede. Dies wird ein historisches Ereignis.»

Ich fragte schnell: «König Balduin?», denn ich hatte das Gefühl gar nicht zu wissen was mich erwarten würde.

«Ja, König Balduin der II. Er hat den Thron nach dem Tod seines Vetters Balduin I. vor einem Jahr übernommen. Er wird uns das Gelübde abnehmen. Auch er wird sich freuen von König Ludwig zu hören.»

Wir erreichten einen kleinen Saal. Außer uns befanden sich darin acht weitere Ritter, einige Wachen, ein Geistlicher - vielleicht ein Bischof, ich kannte die Ordensgewänder nicht gut - und auf dem Thron vermutlich der König. Seine Krone - die er entgegen Ludwig auf dem Kopf trug - reichte mir als Beweis.

Gottfried winkte den anderen Rittern zu und meine Gruppe stellte sich im Hintergrund auf. Dort an der Seite des Saales, der von Säulen umrandet war, sah ich ein paar weitere Gestalten, die ich nicht erkennen konnte. Ein Blick nach oben zeigte mir die kuppelförmige Decke des Saales und eine Brüstung, die den kreisrunden Raum umlief. Ich wusste, dort oben war Aliana im Schatten verborgen. Als ich wieder nach unten sah, bemerkte ich das Saint-Omer vor den

Thron getreten war und sich hinkniete, bis der König ihm Redeerlaubnis erteilte.

«Mein König, ich bringe einen Gesandten von König Ludwig dem VI. von Frankreich. Als Zeuge für König Ludwig würde er mit Eurer Erlaubnis gern teilnehmen.»

Ob ich das wollte war noch eine offene Frage, aber anscheinend tat ich es. Auf einen Wink stand Gottfried auf und trat zu seinen Kameraden, und ich bezeugte meinen Respekt, indem ich vor den fremden König trat und ebenfalls kniete. Ich reichte ihm das Pergament: «Verehrter König Balduin, ich übermittle Euch freundliche Grüße meines König Ludwig. Ich bitte darum, am heutigen Abend teilnehmen zu dürfen um meinem König Zeugnis zu geben.»

Er las aufmerksam das ihm gereichte Pergament und betrachtete mich dann skeptisch: «Hm, so geheimnisvoll? Gut, ich will Ludwig seinen Spaß nicht verderben, bleibt mit Eurem ritterlichen Gefolge als mein Gast.»

Ich trat zu den Rittern aus dem Hause Baphomet und Imhotep und beobachtete. Alle sahen auf den König und warteten auf sein Wort: «Hugo von Payns, bringt Euer Anliegen vor.»

Ein Mann, der vom Alter mein Vater hätte sein können, trat vor und legte sein Schwert vor dem König ab, um sich dann auf die Knie zu begeben.

«König Balduin, meine Begleiter und ich sind hier versammelt, um zur Gründung des Ordens Paupere Militie Christi vor Euch unser Gelübde abzulegen.»

«Die Unterstützung des Ordens seitens der Kirche wurde mir vom Bischof bestätigt, auch ich habe Euer Anliegen im Vorfeld geprüft und fand keinen Grund Euch den Wunsch zu untersagen. Ich sehe in Eurem Orden eine große

Bereicherung für unser christliches Reich in Outremer und bin mir Eurer persönlichen Hingabe sicher. Euer Orden sei meines Willens nach die Entstehung erlaubt und Ihr Euch meiner Unterstützung gewiss. Legt Euer Gelübde ab.»

Auf einen Wink trat der Bischof vor und legte Hugo von Payns die Hand auf den Kopf. Ein schwerer Ring mit einem Juwel zierte den Samthandschuh, den der Klerus trug.

«Ich, Hugo von Payns, trete am heutigen Tag vor den König des Reiches von Jerusalem um dem Orden der Paupere Militie Christi zu gründen. Ich gelobe in Armut und Keuschheit zu leben, gehorsam in der Kirche, dem König und meinen Herren im Orden zu sein und als Ziel meines Ordens den Schutz der Pilger im Heiligen Lande zu sichern. Ich werde nach den Prinzipien des Evangeliums leben und die Regeln meiner Ordensgemeinschaft befolgen. Meine Bindung an den Orden ist unbegrenzt.»

Einzeln traten die anderen Gründungsmitglieder der Armen Ritter Christi vor. Gottfried von Saint-Omer, André von Montbard, Archibald von Saint Amand, Gundomar, Roland, Payen von Mondidier, Gudfried und Gottfried Bisol. Sie alle leisteten ihr Gelübde vor dem Patriarchen und dem Bischof. Schließlich waren die Gelübde abgeschlossen und der König erhob wieder die Stimme: «Eure Gelübde sind vernommen, von Gott, der Kirche und dem König. Ihr seid daran gebunden. Euer Worte finden Leben im Orden der Armen Ritter Christi. Um Euch meine Unterstützung zu gewähren, sei Eurem Orden das Recht gegeben diesen Palast als den Euren anzunehmen. Ich selbst werde ihn freigeben und fortan in meinem neu fertig gestellten Palast am Davidsturm meinen Thron beziehen. Seid Euch des Geschenkes für Euren Orden wohl bewußt.»

Hugo von Payns trat stellvertretend für den Orden nach vorn: «Wir nehmen Euer Geschenk in Ehren an. Ihr seid zu gnädig, mein König. Als erster Großmeister des Ordens bestimme ich, dass sich der Orden in Erinnerung an Euer großzügiges Geschenk fortan Pauperes commilitones Christi templique Salomonici Hierosalemitanis nennen wird. Denn auf dem Tempel von Salomon wurde dieser Palast errichtet, und gerade dies ist uns mehr Freude als uns vergönnt sein dürfte.»

Der König erwiderte: «Ich bin wohl gestimmt über Eure Freude. So wird Euer Orden als Arme Ritter Christi und des Tempels von Salomon zu Jerusalem bekannt sein.»

Ein neuer Ritterorden ward gegründet. Ein Orden, der starken Einfluss auf Outremer und viele Teile der restlichen Welt haben würde. Ein Orden, dessen sterbliche Ritter allesamt Vasallen des einen Hauses Baphomet waren. Gefolgsleute der Vampire. Mir deuchte etwas, ein Funken von Gedanken in meinem Kopf. Auch das Haus Imhotep hatte sterbliche Freunde die ihnen halfen. Aber bedeutete dies, dass nun das Haus Baphomet über einen menschlichen Ritterorden voll treu ergebener Krieger verfügte? Eine gewaltige Machtbasis. Noch war der Orden klein und bestand nicht einmal aus zwei Handvoll Männern, aber mit des Königs und der Kirche Unterstützung würde er wachsen. Das vermutete ich damals. Und es war nicht abwegig, dies sollte einer der bekanntesten Ritterorden der Welt werden. Lediglich der Name wurde selten vollständig ausgesprochen. Aufgrund ihres Hauptquartiers im Palast über dem ehemaligen Tempel von Salomon in Jerusalem wurden sie sehr bald unter einem anderen Namen bekannt: Tempelritter oder auch Templer.

Verrat an Aliana

Der König hatte den Palast noch in dieser Nacht mit seinen Wachen verlassen, der Tempel des Salomon zu Jerusalem gehörte den Armen Rittern Christi, den Templern, wie sie nach dem Palast, dem früheren Tempel Salomons, später genannt wurden. Hugo von Payns, Großmeister des Ordens bat mich ihm zu folgen, wir gingen in eine kleine Kammer, die ihm zugeteilt war. Gottfried ging zu Aliana und führte sie zu uns.

Hugo von Payns grüßte Aliana, aber bei weitem nicht so herzlich, wie dies Gottfried getan hatte. Er schenkte ihr den gehörigen Respekt, aber fast schien er sich als ebenbürtig zu betrachten. Er war ein Sterblicher, wie alle Ritter des Ordens.

«Seid gegrüßt, Prinzessin des Hauses Imhotep.»

«Sowie Fürstin des Hauses Baphomet», fügte Gottfried pflichtbewusst hinzu. Der Großmeister lächelte, mir erschien es ein wenig spöttisch. Ich stand abseits in dem Raum, schritt ans Fenster, schaute hinaus und tat, als würde mich die Unterhaltung nichts angehen.

«Natürlich. Als Frau meines Lehnsherren Kalai seid Ihr auch Fürstin des Hauses Baphomet. Ich gratuliere Euch zu diesem neuen Titel», bemerkte der Großmeister mit einem seltsamen Unterton.

Ich empfand es als dreist und vermessen, einer Prinzessin aus einem mächtigen Haus wie dem Imhoteps zu gratulieren, Fürstin eines weiteren geworden zu sein, aber Aliana reagierte nicht darauf: «Und dadurch seid Ihr mir ebenfalls zu Treue verpflichtet, Großmeister des Ordens.»

Aliana sprach ihn mit seinem neuen Titel an. Er antwortete: «Kalai habe ich die Treue geschworen.»

«Nach den Gesetzen der Dunkelheit teilt die Ehe alle Ansprüche. Was er verlangen kann, kann ich verlangen, was er androht, ist meine Drohung, was ihm gehört, steht zur Hälfte in meinem Gesetz. Mit Eurer Wahl ihm zu dienen, habt Ihr diese Gesetze akzeptiert», Aliana zog eine Augenbraue hoch, ich hörte dies an der kleinen Veränderung im Klang ihrer Stimme, «An dem Tage als Kalai auf Euer Blut verzichtete. Jederzeit könnte er es erneut fordern. Und ebenso ich, denn seine Forderungen sind die meinen.»

«Aliana, setzt Euch doch», bot Hugo ihr einen Platz an, er wollte Zeit schinden. Wahrscheinlich hatte der Krieger niemals zuvor mit einer Frau verhandeln müssen. Er sollte Aliana nicht unterschätzen, sie kannte das politische Kräftemessen, welches Suger als mein Lehrmeister mir immer noch beizubringen suchte. Außerdem besaß sie die Kraft ihre Sanktionen durchzusetzen.

Sie gingen beide nicht weiter auf seine geforderte Treue zu Aliana ein, Aliana nahm Platz an einem runden Holztisch mit vier Stühlen. Erst danach setzte sich Hugo von Payns und danach Gottfried. Ich drehte mich herum und lehnte mich mit dem Rücken an das Fenster.

«Ich habe keine Nachricht erhalten, dass Kalai Euch zu uns schickte.»

Aliana löste ihren Waffengürtel und legte ihr Schwert auf den Stuhl neben sich. Es war immer wieder bewundernswert wie gewandt sie trotz der Belastung zu schleichen vermochte und mit welcher Leichtigkeit sie diese gewaltige Klinge hob.

«Mir war nicht bewusst, dass ich geschickt werden muss, um zu einem Ort zu gelangen.»

Der Großmeister bohrte weiter: «Ihr seid also ohne Kalais Wissen hier erschienen?»

Aliana eröffnete das Spiel ihrerseits: «Ihr seid ein Vasall meines Hauses Baphomets, der einen Ritterorden gründet. Das weckte mein Interesse.»

Er erwiderte den Spielzug geschickt: «Ihr meint Euer neues Haus.»

Ein kleiner Hinweis darauf, dass Aliana eigentlich dem Hause Imhoteps zugetan war. Aliana ging nicht darauf ein: «Ich glaube dort draußen weitere Vasallen des Hauses Baphomets gesehen zu haben. Wenn mich nicht alles täuscht, stehen alle momentanen Mitglieder Eures Ordens in Diensten des Hauses, dessen Fürstin ich bin.»

Jetzt verstand ich langsam, warum wir hier waren, warum es auch in der Politik der Dunkelheit dermaßen wichtig war und nicht ausschließlich für König Ludwig. Er meinte mit belanglos klingender Stimme: «Wir sind alle in Frieden mit Kalai und seinem Haus.»

«Es schön zu hören, dass Ihr mit unserem Haus in Frieden seit. Da gratuliere ich gern zu der Ordensgründung und für Euer neues Quartier. Es ist ein großes Glück für Outremer, dass ein Ritter mit solcher Kampferfahrung geschworen hat das Heilige Land und die Pilger zu schützen», ihre Stimme klang wie eine Klinge.

«Ich danke Euch, Prinzessin Aliana. Es war mir eine Ehre im Heer von Gottfried von Bouillon Jerusalem befreien zu dürfen. Seit dem Tag vor zwanzig Jahren fühle ich mich diesem Land verbunden. Die Ordensgründung ist ein Traum für mich. Über den Tempel waren wir bereits informiert. Die

Verkündung durch den König war der formale Part», ausnahmsweise klangen seine Worte ehrlich.

Sie plauderten weiter über den ersten Kreuzzug, wie er später heißen sollte und die - aus christlicher Sicht - Befreiung Jerusalems, sowie die Geschichte der Stadt bis heute. Auch Städtenamen wie Akkon, Konstantinopel und Antiochia fielen. Ich wurde immer müder.

Letztlich führte man uns in ein Quartier im Keller. Es wirkte wie ein Kerker, von einem langen Gang gingen enge Kammern ab, darin stand jeweils ein Bett. Die anderen Vampirritter hatten sich bereits zur Ruhe begeben, Aliana ging in ihr Zimmer. Gottfried lächelte mich an und als Hugo von Payns Aliana verabschiedete: «Ruht wohl, entschuldigt den fehlenden Komfort, aber an diesen Ort gelangt dafür kein Sonnenlicht» fügte Gottfried an mich gewandt hinzu: «Für Euch ist ein Zimmer im anderen Trakt bereitet. Ihr habt einen schönen Ausblick auf eine Gartenanlage.»

Er brachte mich fort, der Großmeister zog sich in die eigenen Gemächer zurück, und Aliana blieb in ihrer Kammer um zu ruhen. Der Morgen würde bald grauen.

Kaum war die Tür meines Gemaches hinter mir geschlossen, prüfte ich mein Gepäck, dass sich an Taschen am Pferd befunden, und welches man bereits hergebracht hatte. Ich nahm einige Utensilien heraus, befestigte die kleinen Beutel und Instrumente an meinem Gürtel und prüfte den Sitz meines Dolches. Danach löschte ich die Kerze im Zimmer und kletterte aus dem offenen Fenster.

Der Weg in den Kerker führte an einigen Wachen vorbei, nicht mehr die Wachen der königlichen Leibgarde, die mit ihm den Palast verlassen hatten, sondern fremde Ritter, vermutlich Anwärter für den neuen Orden. Meine Ausbildung in den Künsten des Schleichens führte mich zielsicher an ihnen vorbei.

Am langen Gang in dem Kerker war mir bewusst, dass ich jetzt weitaus vorsichtiger sein musste. Hier hinter den Türen schlummerten Vampire und der Tag war noch nicht angebrochen. Die Vampire durften mich nicht bemerken. Nach einem prüfenden Blick setzte ich mich oben auf den Treppenansatz und wartete. Der Gang war an den Wänden mit wenigen Fackeln beleuchtet. Ich erwartete den Morgen. Irgendwann sah ich durch ferne Fenster den Sonnenaufgang und schloss die Tür am Ende der Treppe, begab mich zu den Kammern der Vampire. Es war an der Zeit zu ruhen, ich wurde müde.

Als ich erwachte, spürte ich die Trägheit des Schlafes. Es war nicht lange her, seitdem ich die Augen geschlossen hatte, es musste Tag sein. Ich setzte mich im Bett der kleinen Kammer auf und griff schnell zu der Phiole, die ich daneben abgestellt hatte. Finger und Daumen zogen den Korken heraus, und ich hielt sie an die Nase und atmete tief ein. Einen Herzschlag später war ich hellwach. Dargaschs Wundermittel.

Ich legte mich wieder in das Bett und zog die Decke weit hoch - noch über die Schultern. Das Scharren an dem Schloss war deutlich zu vernehmen. Ich schloss die Augen und atmete leise. Ich war völlig ruhig, meine Sinne geschärft. Die Zusammenstellung, die Dargasch mir gezeigt hatte war Gold wert.

Die Tür öffnete sich, ich spürte es mehr denn es zu hören. Sie wurde wieder geschlossen. Als sie mit dem Riegel in das Schloss fiel, richtete ich mich auf und riss den Dolch empor.

Zwei Krieger standen vor mir, beides Männer mit leichter lederner Kleidung, jeweils einem gezückten Kurzschwert. Der nähere hatte in der linken Hand einen Bund Dietriche, der andere einen großen Beutel mit unbekanntem Inhalt. Beide erschreckten sich fürchterlich, ich griff aber nicht an, am Kampf lag es mir nicht. Sie fluchten, reckten ihre Schwerter mit beiden Händen auf mich, alles andere ließen sie fallen. Ich sprach sie an: «Wenn Ihr in Frieden gekommen seid, dann geht nun!»

Sie mussten ihren Schock erst noch überwinden, daher lebte ich noch. Der hintere antwortete mir: «Dies ist die richtige Kammer, aber wer bist Du?»

Ich versuchte möglichst bestimmt zu klingen: «Ich bin Gesandter König Ludwigs von Frankreich! Verschwindet!»

«Nein», stellte der Vordere klar, er hatte sich wieder gefangen, «Wer Du auch bist, jetzt bist Du dem Tod geweiht.»

«Nein», erwiderte ich, seine Worte benutzend, «Wer Du auch bist, jetzt bist Du dem Tod geweiht.»

Sie schauten mich erstaunt an. Ich redete weiter: «Ihr unterschätzt die Mächte meiner Art, wolltet Ihr uns vernichten? Du», ich deutete auf den Vorderen, «wirst in fünf Atemzügen durch meine Macht sterben, wenn Du nicht sofort gehst!»

Sie starrten mich an. Eins, zwei, drei. Beide lachten. Vier. Der hintere wollte etwas sagen. Fünf. Der erste, der die Dietriche gehalten hatte, fiel ohne ein weiteres Wort einfach um.

Jetzt verschluckte sich der andere Bewaffnete an seinen eigenen Worten und richtete seine Waffe verkrampfter auf mich. Ich legte meinen Kopf schräg und blickte ihn an:

«Auch Dir droht der Tod durch mich! Lass Deine Waffe fallen und ergib Dich!»

Er stürmte auf mich zu. Nebel umhüllte mich, er stach ins nichts, ich war plötzlich hinter ihm, und der Knauf meines Dolches traf seinen Hinterkopf. Er fiel halb auf das Bett, halb auf den Boden.

Stunden später wurde die Tür, die ich wieder verschlossen hatte, samt Schloss ohne Warnung aus den Angeln gerissen, und Aliana stand mitten in der Kammer. Sie sah rasch die Situation und mich, der ich auf dem Bett saß. Ich hatte zwischenzeitlich sogar ein wenig Schlaf gefunden.

«Hilo?», fragte sie erregt. An der Tür bemerkte ich Schemen der anderen Vampire.

Sie blickte auf die beiden Menschen, die ich neben das Bett auf ihre Rücken gelegt hatte. Schnell wandte sie sich um und trat zur Tür: «Jericho, bewach die Tür, die anderen zur Treppe, lasst niemanden herein. Jericho, kein Wort!»

Ich hörte keine Schritten von draußen, aber es wunderte mich nicht. Vampire können sehr geschickt sein. Ich saß immer noch entspannt da. Jetzt, wo Aliana wieder an meiner Seite weilte, fühlte ich mich sicher.

«Was?», fragte sie kurz und bündig und sah mich an, auf die beiden Männer deutend.

Ich lächelte sie an: «Ich soll doch bei Tag Dein Schutz sein. Ich bin der Aufgabe nachgekommen.»

«Warum bin ich in einem anderen Zimmer aufgewacht?»

Ich grinste breit: «Ich kam ohne Umwege zurück und nachdem die Sonne aufgegangen war, habe ich Euch, werte Prinzessin, in eine freie Kammer auf der anderen Seite verlegt. Ihr seid erstaunlich leicht.»

Ich hatte meinen Spaß, war noch aufgeputscht von meinem Erfolg. Sie zeigte keine Reaktion, sondern eine drängelnde Handbewegung.

«Ich verschloss Eure Tür und präparierte sie, wie auch das Schloss dieser Kammer, in die ich mich legte. Die beiden drangen hier ein, wohl um zu vernichten. Ich stellte sie sicher und wartete den Tag ab, ob mehr passieren würde. Aber das war alles. Ich konnte sogar ein wenig ruhen», sagte ich stolz.

Sie wechselte in eine weniger aggressive Stellung: «Sind sie tot?»

«Nein, das Töten liegt mir nicht», schüttelte ich den Kopf, «Der eine hat sich am präparierten Schloss vergiftet und ist in einen Schlaf gefallen, den anderen habe ich bewusstlos geschlagen, nachdem ich ihn mit einem Pulver getäuscht habe. Auch ihn habe ich vergiftet, damit sie beide schlafen. Ich habe ihre Arme hinter den Rücken gefesselt, damit Ihr sie befragen könnt. Hier ist Riechsalz, dass wird sie wecken.»

Ich warf ihr einen Beutel zu. Sie fing ihn nicht auf, er prallte an die Wand hinter ihr. Ich konnte so schnell nichts erkennen, aber als Aliana wieder sichtbar war und vor mir stand, lagen die beiden Männern mit verdrehten Köpfen als Leichen vor mir neben dem Bett. Aliana kniete vor mich und nahm mein entsetztes Gesicht in die sanften kühlen Hände: «Es ging nicht anders, Hilo. Ich darf sie nicht befragen. Sie könnten antworten.»

Ich starrte sie an, sie entschloss sich mir mehr zu erklären: «Ich weiß, wer sie geschickt hat, aber offiziell soll es niemand erfahren. Das ist schwer zu verstehen, Hilo, ich weiß. Aber vertrau mir bitte, so grausam es auch ist, dies ist mein Weg. Aber auch meine Feinde müssen Ihr Gesicht waren können, sonst können sie niemals zu Freunden werden.»

Sie schloss die Augen, ich glaubte eine Spur Trauer wahrzunehmen. Leise meinte sie: «Bitte halte mich nicht für ein Monster, Hilo, aber hier steht viel auf dem Spiel. Kalai will diesen Orden um weltliche Macht zu bekommen, große Macht. Mit Hilfe dieses Ordens will er Teile meines Hauses auslöschen, den Rest des Hauses wird er nach Imhoteps und meiner Vernichtung als neuer Fürst anführen, denn durch die Heirat ist er dann der legitime Nachfolger.»

«Warum dann die Heirat?», fragte ich stotternd. Sie erwiderte: «Das war unumgänglich. Aber einst wird vielleicht dieser Orden auch für das Haus Imhotep freundlich sein, dass sei unser Ziel. Daher soll niemand erfahren, dass sie mich zu vernichten suchten um Kalai einen Gefallen zu tun. Das, Hilo, ist Politik.»

Die Art von Politik, die Suger von Saint-Denis mir bildlich gemacht hatte, erst jetzt erkannte ich die Abscheu ihrer Bedeutung. Wir speisten mit Hugo von Payns und den anderen Ordensrittern in großer Runde zu Abend, bevor wir zu unserer Rückreise aufbrachen. Niemand erwähnte die Toten, Jericho hatte sie verschwinden lassen.

Gesetze der Dunkelheit

Wette auf den Tod mit einem Vampir und einer wird verlieren.

Ich traf vor Aliana und Gideon im Zeremoniensaal der Festung des Hauses Imhotep ein. Hier residierte Fürst Imhotep, wenn er nicht in fernen Ländern weilte. Der Altar war mit Blumen geschmückt und Öllampen auf Säulen waren im Raum verteilt. Stimmungsvolles Licht. Fast hätte ich das Ambiente als angenehm empfunden, befand ich mich nach unserer sicheren Rückkehr ohnehin in guter Stimmung, wären nicht die Kinder der Dunkelheit anwesend. Es sollte ein schönes zwangloses Fest für die Vampire werden um Marketa nach ihrer Eingewöhnungszeit unter den Häusern willkommen zu heißen. Imhotep hatte eingeladen.

Fürst Imhotep stand zusammen mit Kalai am Altar des Zeremoniensaales, und sie schienen ein privates Gespräch zu führen, eng beieinander, zwei Wachen schirmten sie von den anderen ab. Diese Krieger stammten aus Imhoteps Haus, die Sonne mit der geflügelten Schlange, das Zeichen des Gottes Ra, wie Aliana mir erklärt hatte.

Kalais Blick gefiel mir nicht, er sah auf Imhotep mit dem Blick eines Ebenbürtigen, nicht respektvoll auf einen Älteren, hatte ich doch gelernt, dass der Fürst aus Ägypten Kalai zahlreiche Leben voraus war. Imhotep war es auch gewesen, der die heutige Ordnung der Vampire größtenteils bestimmt hatte. Aliana hatte viel Zeit auf der Rückreise mit Erläuterungen für mich geopfert.

Jemand sprach mich an, ich wandte mich und erblickte einen Mann im mittleren Alter, der lange Haare trug, die zu einem Zopf gebunden waren. Einige wenige graue Strähnen befanden sich darin. Seine Augenbrauen waren an den Seiten nach oben geschwungen, es gab ihm einen fremden und ernsten Ausdruck. Seine Lippen lächelten, doch ich wusste, dass die Zähne dahinter einem Vampir gehörten. Ich spürte es. Meine alte Kopfwunde pochte zwar nicht, aber Wärme ging von ihr aus.

«Hilo, Diener meines Fürsten Tochter. Gerüchte verstrichen, dass Ihr Aliana in Outremer Schutz botet. Der seid Ihr doch, nicht wahr?»

Ich nickte zu der Frage. Ich erinnerte mich zu genau an Alianas Worte - provoziere niemanden. Das hatte ich nicht vor, aber was alles konnte einen Vampir erregen? Sicherlich sollte ich nicht zuviel erzählen, es sei denn ich wurde gefragt.

«Ist es nicht eine große Ehre, solch einem mächtigen Geschöpf dienen zu dürfen?»

Ich nickte erneut. Er taxierte mich: «Habt Ihr Angst empfunden, als Ihr sie kennen lerntet?»

Meine Pupillen suchten mein Blickfeld nach Aliana ab. Was machte ich hier nur allein? Ein Diener Gideons hatte mich in den Saal geschickt. Aus meinem Gegenüber wurde ich nicht schlau. Bislang hatte ich nicht den Eindruck, dass Unsterbliche für sie kurzfristige Momente mit belanglosem Gespräch verschwendeten.

Als ich ihn verstohlen musterte, um nicht unangenehm aufzufallen, sah ich die Kette mit dem Zeichen Alianas Familie um seinen Hals. Es beruhigte mich ein wenig, und ich erinnerte mich an die Zeit mit Suger von Saint-Denis in den Lektionen des Hofes. Jetzt würde sich zeigen, wie stark die Regeln am menschlichen Hofe denen der Dunkelheit ähnelten.

«Des Fürsten Tochter ist mit dergleichen Macht erfüllt, dass ich ihr gegenüber stets den tiefsten Respekt empfinde.»

Er lächelte: «Aber Furcht davor, dass Blut genommen zu bekommen muss Euch doch obliegen?»

Ich schaute dem Vampir fest in die Augen: «Ich kann nichts genommen bekommen, was nicht mir gehört. So wie es ihr Besitz ist, zweifle ich nicht daran, dass sie damit voller Weisheit verfährt und würde jede ihrer Entscheidungen tragen.»

Suger wäre stolz auf mich gewesen. Die Regeln des menschlichen Hofes schien auch hier Gültigkeit zu haben: «Weise gesprochen, Sterblicher. Ich sehe, der Tochter meines Fürsten ist gut gedient.»

«Das wird so sein, meine Mutter hat ihre Wahl sicherlich gut überdacht.»

Marketa. Sie war an meiner Seite aufgetaucht. Ich starrte sie mit unsicherem Stand an. Sie war hübsch wie damals, aber anders. Kristallene Kälte ging von ihr aus. Ich glaube nicht, dass sie jemals wieder Gefühle wie in der Nacht der Taufe der Dunkelheit zu empfinden vermochte. Dafür jetzt einige, die mir ferner lagen als der Tod. Sehr weit weg, sagte mein Schicksal.

Der Vampir verbeugte sich tief vor Marketa und bezeugte ihr Respekt: «Kalaman vom Hause Imhotep. Mir war nicht vergönnt, Euch im Kreise der Nacht begrüßen zu dürfen, zum Zeitpunkt der Zeremonie war ich leider in der Ferne.»

«So werde ich dies als Eure Begrüßung verstehen und akzeptieren, werter Kalaman. Und Ihr, Hilo, wollt Ihr mich nicht begrüßen, nachdem Ihr mir bei den zeremoniellen Vorbereitungen so hilfreich zur Seite standet?»

Ich erröte. Erröten bedeutet, Blut fließt in die Wangen. Blut pulsiert. Blut in einem Saal voller Vampire ist immer eine gefährliche Sache.

Sie lächelte mich kühl an. Ich zwang mich zu einem Erwiderungslächeln und verbeugte mich ein ganzes Stück tiefer als der Vampir, verhaarte einen Augenblick und richtete mich wieder auf.

Blut ruft die Aufmerksamkeit von Vampiren. Kalai stand plötzlich einige Meter neben seiner Tochter, aber von Väterlichkeit bemerkte ich nichts. Er gesellte sich nicht zu der Gesprächsrunde, aber beobachtete aufmerksam. Meine Nervosität stieg, nirgends Aliana oder wenigstens Gideon, und das besserte das Rot in meinen Wangen nicht.

«Marketa, habt Ihr Euch bereits für eines der Häuser entschieden, es zu Eurem Haus zu erklären?», fragte Kalaman sie.

Marketa sah mich unverwandt weiter an: «Nein, mit dieser Wahl lasse ich mir Zeit. Ich fühle mich beiden Häusern verbunden. Vielleicht zeigt es sich, wenn ich spüre, ob ich die Machtlinie meiner Mutter oder meines Vaters erbte und die ersten Fähigkeiten einzusetzen vermag.»

Kalai trat näher und mischte sich ein.

«Natürlich entscheidest Du Dich für das Haus Baphomet, Marketa. Du wirst die starke Machtlinie von mir erhalten haben und bald die ersten Blutrituale erlernen», bemerkte er bestimmt.

Marketa beobachtete mich ohne Unterlass, ich hielt den Blick respektvoll gesenkt. Solange mich niemand entließ, durfte ich nicht gehen. Die Regeln des Hofes.

Plötzlich trat Kalai zu mir und streichelte voller Gier über meine Wange. Aber er war eigentlich zu beherrscht, ich denke die Gier war gespielt. Dennoch zuckte ich zusammen und zwang mich immens, mich nicht zu bewegen. Kopfschmerz setzte ein.

«Du betrachtest seine blutroten Wangen, Marketa, in denen der teure Saft fließt. Nimm Dir sein Blut, wenn es Dir gelüstet.»

Ich zwang mich nicht zu reagieren. Ob Kalai wusste, dass ich ihm in Jerusalem eine Gelegenheit zunichte gemacht hatte? Marketa antwortete prompt und weiterhin kühl, aber ich spürte ihren Blick: «Er gehört meiner Mutter Aliana und somit auch sein Blut.»

«Nun», spielte Kalai seine Trümpfe aus, «alles was Deiner Mutter gehört, besitze zur Hälfte ich.»

Ähnliche Worte hatte Aliana in Jerusalem Hugo von Payns gegenüber verloren. Die Gesetze der Dunkelheit.

«Diese Hälfte seines Blutes schenke ich Dir. Und darüber hinaus gehört der Besitz Deiner Mutter auch Dir, also trink durchaus mehr als die Hälfte, Marketa.»

Ich sah ein wenig hoch, meine Hände zitterten bereits, ich konnte Marketa nicht einschätzen. Jetzt trat sie vor mich und strich mit einem gierigen Blick über mein Haar: «Mein Anteil am Besitz meiner Mutter geht erst auf mich über, wenn sie ihn an mich abtritt, davor habe ich keine Rechte. Und ob Aliana Deinen Anteil duldet, auch wenn er rechtmäßig ist, sollten wir sie zuerst fragen, Vater.»

Die Regeln des menschlichen Hofes galten auch hier. Das hatte ich bereits festgestellt. Leider bemerkte ich jetzt, dass diese Regeln auch in den Einzelheiten der Machtspiele galten, die von Saint-Denis erwähnt hatte.

Kalai war erzürnt. Es brach beinah brüllend aus ihm heraus: «Für meinen Besitz frage ich nicht um Erlaubnis! Dieser Mensch ist zur Hälfte mein Eigentum. Tritt vor und gib mir mein Recht, Mensch!»

Jetzt war die Aufmerksamkeit aller Anwesenden auf mich gerichtet. Kalai packte mich und riss mich fort, alsgleich merkte ich, dass ich auf dem Altar lag, er an meiner Seite stehend. Gleich würde er den geringen Schutz meiner Zeremonienrüstung zerreißen.

Dann dröhnte eine Stimme durch den Saal, mächtig und Furcht einflößend, dass ich beinahe in Ohnmacht gefallen wäre. Sie hielt selbst Kalai zurück, der neben mir harrte: «Erkläret Euch, Fürst Kalai!»

Stille. Ich drehte den Kopf ein wenig, Imhotep stand bei Kalai und musterte ihn mit undurchschaubarem Blick. Kalai sah verächtlich zurück: «Der Mensch ist durch die Ehe zu Aliana zur Hälfte mein Eigentum, diesen Anteil nehme ich mir jetzt.»

Nach seiner Antwort wartete Kalai, anscheinend besaß er doch Respekt oder eine gewisse Furcht vor dem mächtigen Vampir Imhotep. Der Stand wie eine Statue, keine Regung ging von ihm aus. Im Hintergrund sah ich die Menge der Verfluchten, sie ließen sich nichts entgehen und waren von uns am Altar wie gebannt. Aliana oder ihr Bruder waren nicht auszumachen.

Ich fing an inständig zu hoffen, dass Imhotep als Alianas Vater sein Wort für mich einlegen würde: «Euer Recht gilt und niemand wird es Euch verweigern. Das sind die geschriebenen Gesetze der Dunkelheit. Alles was Aliana gehört ist zur Hälfte Euer Besitz, wie Ihr wahr sprecht und wie auch umgekehrt. »

Selbst in dieser düsteren Situation bemerkte ich, dass Imhotep die Betonung auf sein letztes Wort gelegt hatte, dermaßen hatten Suger von Saint-Denis und Dargasch meine Sinne geschärft.

Kalais Fangzähne drehten sich zu mir, aber eine winzige Handbewegung von Imhotep ließ ihn zögern und anhalten: «Aber etwas ist zu beachten. Wie meine Tochter mir berichtete, gebot es sich wie folgt. In der Jagd nach dem Blute wurde in gegenseitigem Einvernehmen ein Pakt geschlossen, der die Jagd aussetzen ließ. Meine Tochter Aliana befand, dass solange dieser Mensch ihr treu dient, sie auf sein Blut verzichtet, und er willigte dazu ein, ihr Untertan zu sein. Ihr könnt gern den Menschen befragen, sei es, dass Ihr am Wort meiner Tochter oder dem meinen zweifelt.»

Kalai winkte ab, ich glaube nicht, dass es in seiner Würde lag mit einem Sterblichen zu reden, außerdem war es sicher nicht ratsam vor allen das Wort Imhoteps oder dessen Tochter anzuzweifeln, es hätte offenen Krieg bedeutet. Das war am Hofe verpönt. Ich war erleichtert, dass Imhotep für mich argumentierte. Kalai bemerkte: «Wollt Ihr sagen, aufgrund des Paktes kann ich nichts fordern?»

«Nein. Davor habt ihr wahre Schlüsse gezogen, Fürst Kalai. Natürlich könnt Ihr das Blut des Menschen fordern, damit wird aber der Pakt gebrochen. Auch dies liegt in Eurem Recht. Aber es entbindet im gleichen Zuge den Menschen vom Untertan. Die Jagd sei dann wieder begonnen.»

Kalai blickte verständnislos zu Fürst Imhotep, wie ich im Übrigen auch. Diese Worte klangen nicht mehr hilfreich für mein Leben.

«Und, Fürst Imhotep?», fragte Kalai, den Begriff Fürst dabei hämisch aussprechend.

«Besteht Ihr auf seinem Blut, hat Hilo somit das Recht sich zu verteidigen und muss es nicht freiwillig abtreten.»

Ich hörte das Blut in meinen Ohren pochen, jeder andere in diesem Raum auch. Bis ein schrecklicheres Geräusch erklang, das Lachen von Kalai. Er war tatsächlich belustigt, wie ich es in diesem Moment wohl auch gewesen wäre, stände ich an seiner statt.

Nach und nach begangen andere Geschöpfe der Nacht in sein Lachen einzustimmen, vermutlich aus seinem Haus. Ich richtete mich verschreckt und vorsichtig auf, vielleicht konnte ich davon rennen, solange sie sich über mich totlachten.

Imhotep trat vom Altar zurück, er hatte einen unberechenbaren Gesichtsausdruck. Kalai hatte mir den Rücken zugewandt, und ich kletterte behände von der ihm abgewandten Altarseite hinunter.

«Fürst Imhotep, niemand darf dem Sterblichen helfen!»

Für einen Augenblick vermutete er faule Tricks.

«Es ist Eure Jagd, Fürst Kalai. Niemand darf eingreifen. Oder braucht Ihr Unterstützung bei der Jagd? Zieht doch einen Kreis», bemerkte Imhotep über seine Schulter hinweg.

Kalai klatschte in die Hände, und Angehörige seines Hauses bissen sich in den Arm und zogen mit ihrem Blut einen weiträumigen Kreis um den Altar. Blutmeister musste ihre Machtlinie sein. Kalai zeigte auf mich, biss sich in die Lippe und spuckte kaltes Blut in mein Gesicht. Meine Beine bewegten sich nicht mehr. Dies war Blutmagie, ein Ritual. Imhotep kommentierte dies: «Für einen Sterblichen nehmt Ihr es aber genau, Fürst Kalai. Er ist ja immer noch nicht tot.

Ich in Eurem Alter hätte kein unnötiges Wort verloren und sein Blut hätte sich schon längst mit meinem vereint.»

Kalai sah mich erbost und vor Wut erregt an. Er war gefährlicher denn je: «Ich werde ihn in Stücke reißen und vernichten.»

Imhotep winkte ab: «Beeilt Euch, Fürst. Ein Vorschlag, falls Ihr ihn komplett vertilgt, gehört Euch auch mein Diener.»

Kalai warf ihm einen bösen Seitenblick zu, Imhotep fügte hinzu: «Und falls er Euch ohne Hilfe besiegt, verbannen wir Euch. Habt Ihr Sorge gegen den Menschen zu verlieren?»

Kalai überlegte nicht, ich spürte meine Beine langsam wieder.

«Ich freue mich auf Euren Diener!»

«Dann sei es so. Viel Glück, Hilo», sagte Imhotep meinen Namen zu mir gewandt. Wie Recht er mit Glück hatte. Die Vampire hatten den Kreis geschlossen und am Eingang des Saales erkannte ich, dass Gideon mit Aliana im Arm eingetroffen war. Aliana starrte mich bestürzt an. Mitleid sprach aus ihrem Blick und Zorn. Sie wollte losstürmen, aber Gideon hielt sie zurück und deutete in meine Richtung. Ich vermute, er zeigte auf den Bannkreis. Die Linie eines Blutmeisters kann kein Verfluchter passieren, wie wahr. Ich wusste, dass sie mir nicht mehr zu helfen in der Lage war. Selbst wenn sie wollte. Ich kannte die Regeln des Hofes gut genug um zu wissen, dass sie gezwungen war mitzuspielen. Sie konnte mich nicht retten.

Mein Körper gehörte wieder mir. Ich wandte ihn in Alianas Richtung und verbeugte mich tief. Sie senkte den Kopf leicht, mich nicht aus den Augen lassend und hatte sich auf diese Art vor mir verneigt, um mir Respekt zu erweisen.

Ich lächelte ihr aufmunternd zu, fast erschien es mir, dass sie jetzt bereits mehr Schmerzen litt, als ich es gleich tun würde. Auch Kalai sah in Alianas Richtung und warf seiner Angetrauten einen Handkuss zu. Sie reagierte und erwiderte ihn mit einem rätselhaften Ausdruck.

Danach gehörte seine gesamte Aufmerksamkeit mir. Ich hatte keinerlei Ahnung, welche Kräfte einen Blutmeister oblagen, kannte ich doch beinah ausschließlich die eines Schattengängers. Ich drehte mich zu ihm, manchmal musste man seinem Feind in die Augen sehen.

Mir selbst redete ich Mut ein, in Gedanken daran, dass ich bereits gegen drei von seinem Haus lange genug überlebt hatte, aber der Realist in mir machte es zunichte - die Macht aller drei zusammen war nichts gegen die seine.

Seine Augen trafen meinen Blick, und ich verabscheute mich dafür, dass ich an diese Kraft aller Machtlinien nicht gedacht hatte. Furcht.

Die Angst blendete mich. Die Kälte der Panik drang tief in mein Inneres und peinigte schlimmer als jeder Schlag. Tränen rannen über mein Gesicht, und Blut lief aus meiner Nase. Fürst Kalai genoss meine Qual, sicherlich weil er wusste, wie sehr er damit Aliana schmerzte. Ich wollte sterben, bloß damit die Angst aufhörte. Meine Beine stolperten fliehend rückwärts, dabei geriet ich bei den Stufen zu dem Podest, auf dem der Altar gebaut war, aus dem Gleichgewicht. Ich schlug mit dem Hinterkopf auf die Marmorkacheln. Ein Pochen im Hinterkopf zwang mich wieder aufzustehen, mein Kopf selbst war benommen. Nebel umgab meine Gedanken, ausgelöst durch den Schlag auf den Schädel. Keine Angst mehr, allerdings auch kein klarer Blick. Ich war getrübt, er kam näher.

Zumindest war ich nicht länger von Furcht gelähmt. Ich taumelte hin und her, und es gelang mir dadurch unerwartet und unbeabsichtigt seinem ersten Versuch mich zu greifen auszuweichen. Ich war fast in einer Art Rausch. Unwichtig was passieren würde, aufgrund der gerade erlittenen Gehirnerschütterung war ich für äußerliche Schmerzen unempfindlich. Somit kam auch der Tod als Freund zur Erlösung nicht mehr in Frage. Ich begann einen verzweifelten Kampf.

Zuallererst würde ich eine Waffe brauchen. Und zwar in einem winzigen Bruchteil einer Sekunde, denn die Geschöpfe der Dunkelheit jagten schnell. Daher am besten das Nächste was man greifen kann, sagte mein Kopf. Der Altar, die Blumen, Kalai, eine Öllampe. Das Letztere war gut, aber zu weit weg. Während ich trübe nach Gedanken irrte, griff mein Körper im Reflex zum ledernen Beutel an meinem Gürtel, den ich seit der Eheschließung von Aliana und meinem Gegner dort aufbewahrte.

Die Öllampe auf ihn werfen, eine tolle Idee. Dann würde er brennen, das hielt sicher auch einen Vampir eine Zeitlang auf. Ich tapste auf die Öllampe zu und blieb wieder stehen - glücklicherweise. Dort wohin mich mein kommender Schritt geführt hätte, stand Kalai, ich hatte ihn nicht kommen sehen. Ich hielt ihm meinen Beutel als Schutz entgegen, auf Höhe des Magens. Weiter waren meine Hände nicht gekommen. Ein Beutel war kein guter Schutz geschweige denn Waffe, nicht einmal gegen einen Menschen. Vielleicht hätte ich ihn besser angespuckt.

Er fand es sicherlich erheiternd damit bedroht zu werden. Da war eine Stimme aus der Erinnerung. Aber ich schwebte noch im Nebel: «Der Speer des Schicksal».

Ich hätte gern gewusst, was ich da hielt, dachte ich bei mir und verwandte einige Gedanken darauf mich zu erinnern, was ich in dem Beutel trug.

«Longinus Lanze», kam wieder eine Erinnerung in mir empor. Kalai sprang auf mich, ich fiel rückwärts, sah seinen aufgerissenen Rachen, die riesigen Fangzähne, die ausgefahren waren, um sich in mich zu schlagen und die Klauen, bereit mich zu zerfetzen.

Ein tiefer Schmerz im Kopf, noch bevor ich am Boden aufschlug, meine alte Wunde, ließ meine beiden Arme abrupt hoch zucken, ich wollte meinen Kopf vorm Zerplatzen halten - so fühlte sich der eingesetzte Schmerz am Hinterkopf an.

Kalai prallte mit seiner Brust auf meinen Beutel, dann auf mich. Sein Blut wallte kalt über mich. Es dauerte einige Zeit bis sich meine Gedanken klärten, und ich mich unter ihm wegrollte, ihn dabei auf den Rücken drehend. Der Kopfschmerz ließ nach, und ich orientierte mich.

Kalai lag blutüberströmt neben dem Altar, die Lanze Longinus steckte in seinem Herzen, der zerfetzte Beutel war ein wenig um sie gewickelt.

Alle starrten mich an. Dies war selbst für die Vampire zu schnell gegangen, geschweige denn für mich. Ich holte Luft und beobachtete den Fürsten des Hauses Baphomet. War er vernichtet? Imhoteps Stimme erfüllte den Saal: «Der Mensch hat den Bruder unserer Art besiegt. Löst den Kreis. Der Sterbliche hatte das Recht sich zu verteidigen, daher darf ihn niemand dafür strafen. Des Weiteren gehört die Hälfte seines Blutes meiner Tochter, die andere Hälfte hat er sich selbst zur Freiheit erkämpft. Aliana kann auf ihre Jagd bestehen. Und der Bann wird wie erklärt und vereinbart gegen Fürst Kalai gesprochen. Er verliert seinen Titel und seine Stellung in jedem Haus. Vollzieht den Bann!»

Niemand wagte es, die Macht Imhoteps anzuzweifeln, noch dazu, wenn er lediglich nach den Rechten der Dunkelheit sprach. Die Blutmeister unterbrachen den Bannkreis und aus der Ferne hörte ich Alianas Stimme näher kommen: «Ich verzichte auf die Jagd.»

Ich begrüßte Aliana, Prinzessin des Hauses Imhotep und Fürstin des Hauses Baphomet, in dem ich den Körper Kalais mit letzter Kraft ihr entgegen zog und ihr seinen Hals reichte. Aliana trank von seinem Blut bis er beinah geleert war, dann ließ sie ab, und je zwei Vampire vom Haus Baphomet und Imhotep übergossen Kalai mit Öl und zündeten ihn an, ließen ihn zu Staub verbrennen. Noch bevor der Kern seiner Macht, der Letzte Tropfen, den Aliana ihm gelassen hatte, den Staub des Körpers rufen konnte, teilten sie die Überreste des Brandes getrennt in mehrere Steinkrüge auf, die sie verschlossen und fortbrachten. In einem von ihnen befand sich sicherlich sein Letzter Tropfen, der Wahre Kern.

Ich sah auch Etrehl, vom Hause Baphomet und der Machtlinie der Tierwandler, wie er den Vorgang mit leuchtenden Augen beobachtete, und ich fürchtete, irgendwann einmal vor diese Augen treten zu müssen, dessen Herrn ich dem Bann zugeführt hatte.

DAS HAUS IMHOTEP

Aliana brachte mich fort, sie führte mich in ihre privaten Gemächer in der Festung, oben in den Gängen hinter den Treppen. Ich war geschwächt, sie stützte mich den gesamten Weg, fast war es, als würde sie mich vollständig tragen. Ich konnte mich nicht konzentrieren und ihr Zimmer betrachten, je mehr die Anspannung des Kampfes abfiel, umso erschöpfter fühlte ich mich. Sanft dirigierte sie mich in einen bequemen Stuhl, der mit zahlreichen Kissen und Decken weich gemacht war: «Nimm hier Platz, Hilo.»

Ich fiel hinein. Die Tür glitt erneut auf, und Aliana drehte sich in übermenschlicher Reaktion, als wolle sie mich verteidigen. Gideon trat ein: «Beruhige Dich Schwesterherz. Kein anderer Vampir ist auf dem Weg. Ich prüfe die Umgebung. Er scheint in Sicherheit, auch wenn alle aufgebracht sind.»

Er trat zu mir, eine Flasche in der Hand, die er mir an den Mund ansetzte, ich trank dankbar. Wein. Er würde mir in den Kopf steigen und mir Erleichterung schenken.

«Ihr habt ihn benutzt!», fuhr sie ihn wütend an.

«Es war ein Versuch, Aliana», sagte Gideon mit ruhiger Stimme.

«Wie konntet Ihr das wagen?»

«Wir waren uns einst einig, Schwester.»

«Gideon, fordere mich nicht heraus. Diesen Kampf habt Ihr doch herbeigeführt, absichtlich in dem Moment, als ich nicht da war.»

«Aliana», meinte er freundlich, «wir gaben Hilo alles, was er für den Sieg benötigte. Er hatte die Weisheit, die Ausbildung und die richtige Waffe.»

Ich vernahm etwas, das erstaunlich nach einem giftigen Fauchen klang: «Die Waffe ist ein Mythos! Niemand weiß ob sie Kräfte besitzt!»

«Stille!», eine herrische Stimme im Raum. Fürst Imhotep war erschienen. Entweder hatte Gideon ihn mit seinen Sinnen nicht bemerkt, oder ihn absichtlich nicht angekündigt. Beide Kinder gehorchten. Er kam zu mir, beugte sich über mich und betrachtete mich aus der Nähe. Suchende dunkle Augen tasteten mich ab.

«Es geht ihm gut, Aliana, und wir alle wollen, dass dies so bleibt. Wir benutzten ihn, aber es war auch Dein Plan, wenngleich Du neuerdings vielleicht andere Gefühle entwickelt hast. Aber vergiss nicht, dass Du bislang den Plan nie angezweifelt hast, daher führten wir ihn durch.»

«Ihr sagtet mir nicht, dass Ihr ihn umsetzt», protestierte Aliana schwach. Sie schien Respekt vor den Worten ihres Vaters zu haben, vielleicht hatte sie auch Angst, dass er mich als entbehrlich deklarieren würde, wenn sie zu stark gegen ihn vorging. Mir jedenfalls war klar, dass man mich in dem Saal nur aufgrund seiner Worte nicht zerfetzt hatte.

«Dann hättest Du ein Veto eingelegt», erklärte Imhotep ihr sanft.

«Ja, daher ja», meinte sie.

«Genau, daher», begründete er erneut und lächelte mich an. Wissen stand in seinen Augen.

«Wir wollten ursprünglich länger warten, aber das Attentat auf Dich in Jerusalem ließ mich und Gideon eine Entscheidung treffen. Die Ehe ist schließlich vollzogen und warum länger warten und ein Risiko eingehen. Misstrauen im Hause Baphomet laden wir zu jedem Zeitpunkt auf uns. Aber das ist unwichtig, wir werden mit den Opportunisten umzugehen vermögen. Du bist jetzt legitime Fürstin des Hauses Baphomet, lange bevor Kalai den Orden nutzen kann, unser Haus zu vernichten. Noch ist der Orden klein, und jetzt gehört Dir das Haus, dem der Orden Untertan ist. Es ist nun an Dir, meine geliebte Tochter, über diesen Orden Wache zu halten und ihn zu dirigieren. Das Haus Baphomet steht jetzt wie es der Plan war unter dem unsrigen. Die Jungen unter den Alten, wie es die Natur des Lebens ist. Führe das Haus weise, gerecht und mit starker Hand, und sie werden Dir letztlich folgen. Kalai ist verbannt. Marketa wird unter den Häusern wandeln, als Vereinigung Eueres Blutes und ist Dir treu ergeben. Sie wird als Prinzessin des Hauses Baphomet helfen, die Nähe zwischen den Häusern zu gewährleisten.»

Gideon bat um das Wort. Imhotep gewährte es ihm: «Die Vampire werden sich fragen, wie Hilo Kalai besiegen konnte. Und sie werden ihn hassen, da er einen unserer Art geschlagen hat.»

«Niemand wird sich an ihm vergreifen!», rief Aliana grimmig. Nie zuvor hatte ich solche Gefühlsausbrüche bei ihr erlebt.

Imhoteps klare Stimme übertönte sie: «Kalai war auf sich gestellt, wie auch Hilo. Er hat ihn ehrlich im Kampf besiegt. Kalai hat einen Fehler gemacht. Ich werde keine andere Version dieser Geschichte unter den Vampiren dulden.»

Wahre Macht sprach aus seiner Stimme.

«Und Hilo ist kein Diener, kein Vasall, kein Gefolgsmann des Hauses mehr.»

Ich starrte ihn zitternd an, Aliana wollte protestieren, aber Imhotep ließ sich nicht unterbrechen: «Er hat seine Treue bewiesen, das dreimal. Er stellte sich gegen seinen König bei seiner Aussage, er stellte sich gegen die Ritter, als er Dich schützte, er schenkte Dir Kalais Blut. Er ist loyal. Ich entscheide hiermit, dass er als freies Mitglied meines Hauses unter uns wandeln darf. Des Weiteren ist es ihm erlaubt sich fortwährend als Dein persönlicher Vasall zu betrachten, wenn er dies wünscht, Aliana.»

Jetzt wandte er sich an mich: «Hast Du meine Worte verstanden, Hilo?»

Ich nickte. Ich schloss die Augen und kämpfte gegen den Schmerz an. Mein Hinterkopf pochte fürchterlich.

«Ich schwöre Aliana die Treue.»

Aliana lächelte mich an und trat an meine Seite, sie ergriff meine Hand und hielt sie fest.

«Gut, wir lassen Euch nun allein. Begleite mich, Gideon und erläutere mir doch noch einmal diese Gerüchte über die Lanze des Longinus.»

Sie gingen zur Tür. Aliana hob mich auf und brachte mich zu Bett.

«Die Lanze wird auch Speer des Schicksals genannt. Seid sie Jesu Blut vergossen hat, soll sie ihren Träger vor dem Tode schützen und ihm siegreich zur Seite ste …»

Die Tür viel ins Schloss. Ich schlief ein und träumte von dunklen Schatten die mich jagten. Aber stets war Aliana bei mir, wie auch in der echten Welt, wo sie neben dem Bett Platz nahm, denn an diesem Abend sollte mir kein Leid mehr geschehen. Ich spürte ihre kühle Hand, wie sie meine hielt und stellte fest, das Kälte wärmen kann.

KRAFT DER FEDER

«Aliana, warum habt Ihr ihn verbannt, und Du nicht stattdessen sein Blut vollständig getrunken?», stellte ich meine Frage und saß vor Aliana an einem kleinen Tisch in ihrem Zimmer und aß das Obst, welches sie mir gebracht hatte. Sie wartete einige Zeit mit einer Antwort und genoss es, mich beim Hineinbeißen zu betrachten.

«Zu viele Letzte Tropfen vereint in einem Vampir sind unkontrollierbar. Jede Aufnahme eines Letzten Tropfens ist ein Kampf um die Vorherrschaft, wenn man dabei verliert, lebt fortan der aufgenommene Vampir in Deinem Körper. Bei jungen Vampiren droht keine Gefahr, aber der Gewinn ist auch nicht groß. Bislang gibt es nur wenige Vampire, die einen zweiten Letzten Tropfen eines alten Vampirs erfolgreich aufgenommen haben, denn zusätzlich zu der Gefahr der Übernahme besteht die des Wahnsinns. Viele Vampire sind irr geworden, weil sie das Blut eines anderen zu mächtigen Vampirs komplett getrunken haben. Daher trauen sich nur wenige von uns, wenn der Machtgewinn das Risiko wert scheint, es zu tun. Mit dem Letzten Tropfen eines anderen Vampirs, der sich mit dem eigenen zu einem verbindet, erlangst Du auch die Möglichkeit die Fähigkeit seiner Machtlinie zu erlernen, wenn sie sich von der eigenen unterscheidet, und die Macht des anderen hoch genug ist. Das gelingt aber nicht immer. Und so mächtig war Kalai nicht wirklich. Kalai und seine Blutmeisterlinie waren nicht das Risiko wert, mein neues Haus gegen mich aufzubringen.

Hätte ich ihn leer getrunken, so wäre die Front gegen mich und Imhotep sogar unter denen Baphomets gewachsen, die Kalai nicht ergeben waren.»

«Ich verstehe. Lag es wirklich an der Waffe, dass ich ihn besiegt habe?»

Aliana lächelte: «Hilo, wäre nicht alles Spitze, was Du im Beutel in Händen gehalten hättest in seine Brust eingedrungen?»

«Aber ...»

«Mehr Antworten kannst Du darauf niemals bekommen, auch wenn man versuchen wird sie Dir zu geben. Niemand kennt die Macht des Speeres, auch wir nicht. Vor allem nicht mein Bruder», sie lachte leise, «Er hat selbst nie eine Waffe geführt, ist völlig in seine geistigen Kräfte versunken. Er jagt niemals einen Menschen, er dringt in ihren Geist ein und lässt sie zu sich kommen. Ein Meister der Manipulation.»

Ich schaute auf das Obst, tat so als widmete ich dem mehr Aufmerksamkeit und versuchte mich zwischen einer Birne und einem Apfel zu entscheiden.

«Sein Name bedeutet starker Krieger. Er stammt aus dem hebräischen. Obwohl er waffenlos ist. Aber er ist wie ein trojanisches Pferd, bedenkt man seine verborgenen Kräfte.»

«Wie hat er mich damals vom Fall gerettet?», fragte ich, als mir der Vorfall wieder einfiel und nahm mir eine Birne.

«Gideon kann Dinge mit der Kraft seines Geistes bewegen. Telekinese wird es unter den Gebildeten meiner Art genannt.»

Ich sah auf, und sie bemerkte ein weiteres Mal, dass ich nichts verstand: «Hilo, Du musst lesen und schreiben lernen. Wir besitzen die größte Sammlung an Wissen in Schriftform, die sich Sterbliche vorstellen können. Mehr als man in Jahrtausenden lesen kann. Aber es ist wertvoll, vieles davon. Du musst die Kunst der Kalligraphie erlernen, um Wissen zu sammeln und selbst festzuhalten. Wissen ist etwas unglaublich Schönes, Hilo. Ich werde es Dich lehren.»

Sie ging zu einer Kiste und zog Pergament, Tinte und einen Federkiel hervor. Letzteren legte sie mir in die Hand und formte meine Finger, damit sie ihn richtig hielten.

«Tauche die Spitze in die Tinte, dann fahre über das Pergament. Du musst Gefühl für die Feder bekommen.»

Ich tauchte die Spitze sachte in die zähe Flüssigkeit. Dann hob ich den Federkiel zum Papyrus, doch mir kam etwas in den Sinn. Ich stand auf, trat zum Fenster, hielt die Feder hinaus und ließ einen Tropfen in den Nachtwind fallen. Aliana schaute mir sprachlos zu.

«Den ersten Tropfen opfern wir Schreiber Imhotep», klärte ich sie auf. Aliana lächelte mich an, und ich setzte mich wieder. Über die nächsten Monate brachte sie mir Schreiben und Lesen bei, ich verstand die Macht der Weisheit, erkannte wie stark sie Imhotep gemacht hatte und zweifelte nicht mehr an der Wichtigkeit des Schreibens.

Mein erstes Wort begann mit meinem gewählten Namen, das zweite war Aliana, an die weitere Reihenfolge entsinne ich mich nicht, wohl aber an die Freude, die Aliana und ich beim Lehren und Lernen hatten. Und so begann ich meine Aufzeichnungen über die Geschichte Alianas Häuser und der anderen Vampire. Meine Geschichte. Über die Jahre hinweg verzeichnete ich unsere Erlebnisse, die Hintergründe und die Gefühle, so gut ich es vermochte.

Denn die Kraft der Feder war das schärfste Schwert, dass ich jemals zu führen gelehrt wurde.

VASALLEN BAPHOMETS

Und es geschah, dass wir erneut reisten gen Outremer, in das Königreich Jerusalem. Und dort wo sich die Religionen treffen und um Vorherrschaft kämpfen, ritten wir ein weiteres Mal umgeben von unserer Eskorte aus Vampirrittern Baphomets und Imhoteps durch die Tore zum ehemaligen Tempel Salomons. Und wir wurden empfangen von Hugo von Payns, kurz nach unserem Eintreffen in mitten der Nacht. Die Zahl der Ordensbrüder hatte sich verdoppelt. Sie begrüßten uns ehrenvoll im großen Saal und einige ausgewählte schenkten der Fürstin des Hauses Baphomet ihr Blut, damit sie es als heiliges Symbol in sich vereinte, bis wir mit dem Großmeister und seinem ersten Stellvertreter, Gottfried von Saint Omer, in eine private Audienz einkehrten.

Wir standen vor dem Tisch an dem Hugo von Payns bereits Platz genommen hatte, nur Gottfried von Saint Omer gebot uns seine Ehre und wartete. Doch statt sich zu setzen, ergriff Aliana mit harter unnachgiebiger Stimme das Wort, und mit jeder Silbe erblasste der Großmeister, ihre Macht schlug wie Wellen durch seinen Körper.

«Als Fürstin des Hauses Baphomet und einzige Herrscherin über mein Haus verlange ich von Euch, Großmeister Hugo von Payns, den Eid zu erneuern, den Ihr stellvertretend für Eure Gefolgsschar dem Hause Baphomet geleistet habt. Vor dem ehemaligen Fürst Kalai habt Ihr ihn geschworen, als die legitime Nachfolgerin des Verbannten trete ich vor Euch und fordere mein Recht. Erneuert den Eid, oder brecht ihn auf der Stelle. Aber wenn Ihr ihn erneuert fühlt Euch und Euren Orden auf ewig an mein Haus gebunden.»

Von Payns war blutleer im Gesicht, und dass ohne ihn ausgesaugt zu haben. Ich stand versetzt hinter Aliana und schaute auf jede Reaktion des Großmeisters. Er stand auf und ging hinaus in den Versammlungssaal zu den anderen Rittern, auch Etrehl war anwesend, bei dem Aliana darauf bestanden hatte, dass er sie als Teil unserer Eskorte begleitete. Ich glaube, als er davon erfahren hatte, war er von Furcht erfüllt, dass ihn auf der Reise ein schreckliches Schicksal ereilen würde. Er war ein trefflicher Späher und Kalai immer treu ergeben, doch jetzt konnte ihn der verbannte ehemalige Fürst nicht mehr schützen, und der Kraft Alianas war er nicht gewachsen. Alle wussten, dass er als Kalais loyalster Untergebener ihr größter Feind war, auch wenn dies niemand aussprach. Die Opportunisten warteten auf ihn. Alianas Befehl, Teil der Eskorte zu werden, hatte ihn eingeschüchtert. Aber wie es Alianas Art war, tat sie nicht das Offensichtliche. Etrehl sollte auf der Reise kein Leid geschehen, er sollte Zeuge werden, um seine eigene Richtung zu überdenken.

Aliana folgte von Payns mit Abstand, Gottfried und ich hintendrein. In der Mitte des Saales unter der Kuppel wandte sich Hugo von Payns und fiel ergeben vor Aliana auf die Knie, kein Widerstand in seinem Blick, fast ein gebrochener Mann.

«Als Großmeister des Ordens Pauperes commilitones Christi templique Salomonici Hierosalemitanis erneuere ich den Eid vor Euch, Fürstin Aliana, den ich bereits vor dem damaligen Fürsten Kalai geleistet habe. Der Orden begibt sich freiwillig und mit all seiner Ehre treu unter Eure Führung und dem des Hauses Baphomet. Wir sind Eure Vasallen und akzeptieren Euch und das Haus als Lehnsherren. Unser Blute ist das des Hauses Baphomet, und jeden Tropfen werden wir in Euren Dienst stellen und Eurer Führung unterwerfen.»

Und er, der vorher nicht zu den Ausgewählten gehört hatte, legte seinen Hals frei und ließ Aliana zitternd aus seiner Halsschlagader den Lebenssaft kosten. Und was immer der Großmeister davor auch gedacht hatte, ein Eid war dem Ritter heilig.

Und so wurden Feinde zu Freunden und stellten fortan die wichtige Machtbasis des Hauses Baphomet. Hugo von Payns hatte nicht ablehnen können. Er war bereits vorher an seinen Eid zu dem Haus Baphomet gebunden, eine Verweigerung der Erneuerung hätte Eidbruch bedeutet. Niemand wollte sich vorstellen, was Alianas Zorn dann für die sterblichen Ritter des Ordens bedeutet hätte, der in jenen Tagen weitaus zu schwach und klein an Mitgliedern war, um sich dem Hause Baphomet zu widersetzen. Durch die Erneuerung des Eides hatte Aliana ihre Macht bewiesen und gestärkt, sowohl im Hause Baphomet als auch unter den Sterblichen.

DIE GEBURT DER UNSTERBLICHKEIT

Viel Zeit war vergangen, die Zeit hatte dabei wie immer selbst die Kontrolle behalten. Sie war das Gewässer in dem wir uns tummelten.

Es war eine Nacht, in der Aliana und ich lange Zeit durch einen Wald in der Gegend um die Festung ihrer neuen Familie Baphomet spazierten, in eben der Bastion, in der ihre Hochzeitszeremonie stattgefunden hatte. Aliana hatte meine Hand ergriffen, ihre kalte Berührung schreckte mich nicht. Ich war erfreut ihre Nähe zu spüren. Lange Jahre hatte sie mein Herz berührt und mein Blut floss für sie. Aber da solch eine Schlenderei dennoch ungewöhnlich war, wusste ich, dass das Schicksal für heute Nacht etwas bereit zu halten schien - sicherlich würde Aliana es mir bald offenbaren. Ich lauschte freudig den Klängen der Tiere, leise waren die effektiven Jäger zu vernehmen, die ihre Beute beobachteten, um sie später ihrer Brut ins Nest zu tragen.

«Hilo, ich kann die Augen nicht länger verschließen. Ich bin ein Vampir, sterbe nicht, und ich nehme die Jahre nur bedingt war, das Verstreichen der Zeit berührt mich nicht. Lange Zeit habe ich es nicht bemerkt, mindestens ebenso so lang habe ich dem keine Aufmerksamkeit gewidmet. Doch es ist bereits anderen meiner Art aufgefallen, und das könnte Gefahr bedeuten, daher lass uns offen darüber reden. Was geschieht mit Dir?»

Ich sah Aliana verwirrt und unsicher an. Ich verstand ihre Worte nicht und zuckte ein wenig mit den Schultern, in der

Hoffnung dass sie bemerkte, dass mir nicht deuchte, was sie da ansprach. Sie presste die Lippen aufeinander, bevor sie meine Hände zärtlich mit den ihren berührte: «Hab keine Angst, Hilo. Von mir droht Dir kein Schrecken. Sag es mir ruhig, bitte.»

Sie wirkte beherrscht und freundlich, bemüht mir Sicherheit zu schenken, wohl in dem Glauben, dass ich ein Geheimnis trug. Ich zuckte erneut die Schultern und erwiderte ihren Blick aufrichtig, die richtigen Worte suchend: «Aliana, ich würde Dir jetzt nichts verschweigen was mir bekannt wäre. Ich verstehe nicht was Du meinst, bei allem woran ich glaube.»

Letzteres hatte ich hinzugefügt, weil ich spürte, wie ernst es ihr war, und um somit zu verdeutlichen, wie ehrlich ich meine Antwort meinte. Gut - böse Zungen würden behaupten, ich glaubte nicht an vieles, aber Aliana verstand.

«Hilo, viele Menschen sind gestorben, seitdem wir zusammen sind.»

«Nicht durch meine Hand», wandte ich eilig ein, doch sie schüttelte den Kopf: «Das meine ich nicht. Ich rede von Sterben, nicht gemordet werden. Vieler Menschen leben ist einfach vergangen, Hilo. Darunter alte Menschen, unser König Ludwig, weit mehr seiner Untertanen. Aber auch Menschen die nach Dir geboren wurden. Verstehst Du Hilo?»

Nein, ich verstand nicht. Sollte man mich für eine Tat anprangern wollen, mit der ich bei weitem nichts zu tun hatte? Was konnte ich für die Schicksalsschläge dieser Welt?

«Ich habe keinem von Ihnen Leid zugefügt, Aliana!», protestierte ich.

«Hilo, Menschen, die Jahre nachdem wir uns kennen lernten, auf dieser Welt zum ersten Mal die Augen öffneten, und die selbst alt wurden, sind bereits gestorben und Du ... Hilo, wann hast Du Dich in einem Spiegel betrachtet?»

Ich runzelte die Augenbrauen und sah sie völlig verständnislos an: «Aliana, jeden Tag sehe ich beim Waschen in einen Spiegel, sofern einer greifbar ist, und wir uns nicht fern der Zivilisation aufhalten.»

Letzteres war ein spielerischer Vorwurf an sie, aber Aliana ging nicht darauf ein.

«Ich meine nicht rein gesehen, ich meine richtig betrachtet. Fällt Dir denn nichts auf?»

Ich hatte zulange unter den Kindern der Dunkelheit gelebt und in den Nächten existiert. Wie sollte mir, einem ungebildeten Menschen, der keine besondere Ahnung von der realen Welt fern der Vampire besaß, auffallen, was sie mir offenbarte?

«Hilo, Du müsstest bereits lange tot sein, wenn alle diese Menschen bereits gestorben sind!», ihre Stimme wirkte beinahe flehend.

Ich war naiv: «Du lebst doch auch noch?»

Sie schlug mich mit gedrosselter Stärke auf die rechte Wange, wie um mich zur Besinnung zu bringen. Ich konnte den Schlag sogar sehen, dermaßen verhältnismäßig langsam führte sie ihn aus. Keineswegs wie die Todesbotin, mehr wie eine Liebhaberin, die eine zärtliche Geste vornahm.

«Hilo! Ich bin Vampir, ich werde niemals sterben. Du bist ein Mensch! Du müsstest bereits tot sein! Stattdessen siehst Du dem Hilo, dessen Blut ich vor Jahrzehnten beinahe getrunken habe immer noch so ähnlich, als wärest Du keinen Tag gealtert!»

Ich starrte in ihre Augen und verlor mich. Sie hatte Recht. Mein Gesicht sah in jedem Spiegel immer noch jung aus, so jung und unerfahren wie damals, als ich meine dritte Schlacht überlebt hatte. Ich war tatsächlich nicht gealtert. Bei Gott, sie hatte Recht. Und jetzt verstand ich, welche Gefahr sie meinte. Wie würden die wahren Unsterblichen reagieren, wenn sie dies bemerkten? Doch es war viel schlimmer. Sie wussten es bereits.

DIE TAUFE DES STERBLICHEN UNSTERBLICHEN

Der Tod ist ein Meister der Liebe. Er umgarnt Dich und ruft Dich zu sich. Nur mich rief er nie. Oder wurden mir lediglich die Ohren zugehalten, damit ich ihn nicht vernahm?

Imhotep hatte mich gerufen, und Aliana mich zu ihm geführt. In den vergangenen Jahren hatte ich ihn häufiger gesehen, aber Imhoteps Charakter blieb mir verschlossen. So weise wie er das Haus Imhotep führte und jetzt über Aliana die Geschicke des Hauses Baphomet lenkte, so sehr war ich mir bewusst, dass stets hinter seinen Worten längst ein Plan gereift war, dass er Jahrhunderte im Voraus dachte und dabei nicht immer das Wohl eines Einzelnen zählte. Imhotep machte mir Angst.

Aliana besaß viele ähnliche Züge, doch da ich ihre intensiven Gefühle zu mir bemerkte, glaubte ich nicht an eine große Gefahr bei dieser Vampirin. Aber die Wege eines Gelehrten sind grenzenlos, wenn er dermaßen viele Faktoren auf der Welt betrachtete, die er suchte im Gleichgewicht zu halten. Ich wusste, dass Kalai in seinen Plan geraten war, das Kalais Verbannung bereits vor seiner Ehe zu Aliana feststand, auf die eine oder andere Art wäre sie gekommen. Auch Marketa hatte mit zu diesem Plan gehört, als einstiges Dienstmädchen Alianas, die sich die Unsterblichkeit längst gewünscht hatte, war sie dem Hause Imhotep bereits zu sterblichen Zeiten in Loyalität eng verbunden. Kalai hatte unterschätzt, dass bereits sterbliche Menschen einem Vampir loyal sein können. Hätte er dies bedacht, wäre er nicht so bereitwillig der Zeugung eines und gerade dieses Kindes gegenüber gewesen, wie es lediglich die Regeln des Hauses Imhotep bei der Ehe forderten.

Kalai selbst hatte seine Verbannung ermöglicht, als er das Lächeln von Aliana missdeutete und mit ihr die Ehe schloss, dabei finstere Gedanken hegend. Das Hause Imhotep durfte niemals unterschätzt werden, weder in seiner Gestalt des Fürsten noch seiner Kinder Aliana und Gideon.

Ich war mit dergleichen Gedanken in meinem Hinterkopf sehr vorsichtig, als ich zu Imhotep selbst in einer kleinen steinernen kargen Kammer trat. Aliana stand in der Tür, die sie von innen schloss. Sie verschränkte die Arme und wartete mit ausdruckslosem Gesicht.

In der Mitte des Raumes befand sich eine Steinbank und an der hinteren Wand ein kunstloses Holzregal mit einer Unzahl an metallischen Instrumenten, Fäden und Bändern unterschiedlicher Längen, helle aufgerollte Bandagen, Steine in spitz zulaufenden Formen und einige mit verschieden farbigen Flüssigkeiten versehene Glasphiolen. Ein Eimer mit Wasser befand sich neben der Steinbank, sowie einige Laken und Schwämme auf dem Stein lagen. Imhotep breitete eine Decke auf der Steinplatte aus, ich beäugte ihn mit gesenktem Kopf.

«Hilo, tritt bitte vor und lege Dich auf die Bank.»

Imhotep deutete auf die ausgelegte weiche Decke. In den Stein waren einige Metallbügel eingelassen, die man scheinbar öffnen und schließen konnte. Mich erinnerte dies sehr an eine Bank aus einer Folterkammer.

Alianas Stimme drang kühl von hinten: «Hier betreibt mein Vater seine Mumifizierungen und medizinische

Forschungen», worauf ich mich erschrocken zu ihr umwandte, und entgegen ihrer kalten Stimme grinste sie mich belustigt an: «Aber das macht er nur mit Toten, Hilo.»

«Leg Dich bitte hin, Hilo», forderte Fürst Imhotep mich erneut auf, und Aliana nickte mir beruhigend zu. Ich nahm auf der weichen Decke Platz und bettete meinen Rücken darauf. Imhotep trat an mich heran und öffnete mein Leinenhemd. Er betrachtete meinen Brustkorb nicht, sondern ging zu dem Holzregal, ich drehte den Kopf und sah zu Aliana, die mich ansah: «Soll ich etwa Deine Hand halten?»

Allerdings machte sie keine Anstalten zu mir zu schreiten und dies zu tun. Ich schaute zur Decke um nicht mehr von ihr geneckt zu werden. Imhotep trat wieder zu mir, er hatte einige Instrumente in der Hand. Etwas Kaltes legte sich auf meine Brust. Imhotep bewegte es sehr langsam. Ich sprach ihn an: «Was tut Ihr, mein Fürst?»

Imhotep sah auf meinen Brustkorb und führte die kalte Berührung weiter an mir durch, als er mit trockener Stimme antwortete: «Ich untersuche Dich, Menschenkind.»

Aliana bemerkte spitz: «Er untersucht Deine geahnte fehlende Sterblichkeit, Hilo. Und wir haben befunden, es ist angemessener diese Art der Untersuchung vorzunehmen, als Dich dem Tod hinzuwerfen.

«Vielen Dank», erwiderte ich zu ihr gerichtet, «Aber liegt es nicht einfach an dem Speer?»

«Nein, Hilo. Das haben wir getestet.»

«Wie?», fragte ich, im selben Augenblick feststellend, dass ich es nicht wissen wollte.

«Ein Mensch kann sterben, wenn er den Speer hält», sagte Aliana lediglich trocken, und ich stellte dazu keine weitere Frage.

Imhotep beugte sich herab und führte sein Ohr zu einem seiner Instrumente. Er schien auf etwas zu lauschen. Lange Zeit geschah nichts. Dann richtete er sich wieder auf: «Hilo, ich werde Dir jetzt einen kleinen Schnitt beibringen. Keine Sorge, es wird sofort wieder heilen.»

Ich wollte protestieren, als er ein Gefäß aus zwei Glaskugeln, die mit einem Röhrchen verbunden waren, neben mir auf dem Stein stellte. Er hatte es zuvor gedreht. In der oberen Kugel befand sich Sand, der jetzt durch das Rohr hinab rieselte.

Während ich diese Kombination verwundert betrachte, war er bereits mit einem winzigen sehr kleinen Gegenstand in meine Haut nahe dem Herzen eingedrungen. Der Schnitt tat nicht weh, durch die Kälte von zuvor nahm ich ihn kaum wahr. Er führte das kleine Messer mit meinen Blutstropfen an seine Lippen und kostete. Ich weiß nicht, ob der Geschmack ihm zusagte. Danach schritt er um meinen Körper herum und tastete mich überall ab. Die Zeit verging.

«Die Wunde ist wieder verschlossen. Keine ungewöhnliche Zeit», bemerkte der Fürst irgendwann zu Aliana und hob die Kugeln mit dem Sand hoch, als würde er daran die Zeit ablesen, «Alle meine Untersuchungen zeigen nichts Ungewöhnliches. Sein Blut schmeckt normal. Seine Muskeln sind normal, seine Heilfähigkeiten scheinbar auch. Für mich wirkt er wie ein Mensch.»

«Das wird den anderen nicht reichen», vermutete Aliana mit düsterer Stimme.

«Das reicht mir auch nicht, geliebte Tochter. Hilo ist bereits mehr als doppelt so alt wie ein Mensch sein sollte, dabei hat er sich nicht verändert. Nein, das reicht mir ganz und gar nicht.»

Imhotep stellte sich hinter meinen Kopf und trennte meine Haare mit einer Schere ab. Es ging so plötzlich, dass ich nicht einmal Widerspruch einlegen konnte.

«Ein letzter Test, wenn er ein Vampir ist, werden die Haare zu ihm zurückkehren, wenn sie zu Staub zerfallen. Und ansonsten will ich feststellen, wie lange sie brauchen, bis sie nachwachsen.»

Als meine Haare streng gestutzt waren, rieb er die restlichen mit einer Flüssigkeit ein, dabei leicht meine Kopfhaut massierend. Dann griff er nach einem kupfernen Messer und setzte es an meinen Haarüberbleibseln an: «Wir Ägyptern benutzen Kupfer- oder Goldmesser zur Rasur, Hilo, im Gegensatz zum Bimsstein der Römer. Die Rasur - nicht nur des Bartes sondern auch des Kopfes - gehörte bei uns Kultur. Lediglich den Pharaonen war es gestattet, blau gefärbte Kinnbärte zu tragen, dies war ein symbolisches Zeichen ihrer Macht.»

Er erzählte dies nur um mich abzulenken. Schließlich legte er das Messer beiseite und tauchte einen der Schwämme in das Wasser aus dem Eimer, damit rieb er meine Kopfhaut ab: «Aliana, sei so lieb und verbrenne die Hälfte der Haare. Wir wollen sehen, ob etwas geschieht, wenn sie in den Staub einkehren. Die andere Hälfte bitte in das Gefäß dort drüben, ich werde sie für weitere Untersuchungen heranziehen. Dann ist Hilo erst einmal erlöst.»

Ich sah aus den Augenwinkeln wie Aliana sich neben dem großen Steintisch beugte und seiner Bitte nachkam, während Imhotep mich weiterhin säuberte: «Hilo, wo hast Du denn diese Wunde her? Hattet Ihr beiden einen Kampf, von dem ich nichts weiß?»

Ich versuchte ein Lächeln, während ich an die Decke starrte: «Nein, mein Fürst. Sie ist schon sehr alt, als Kind bekam ich einen Stein an den Kopf.»

«Oh, sicher unangenehm. Muss ein großer Aufprall gewesen sein.»

«Kaum der Rede wert, Fürst. Ich habe nichts gespürt, merke den Stein selbst heute nur selten.»

Imhotep hielt mit den Bewegungen seiner Hände an, und Aliana, die sich gerade wieder aufgerichtet hatte, ging zu dem Tonkrug mit der offenen Flamme.

«Du spürst ihn nicht, Hilo?», seine übliche unemotionale Stimme.

«Nein, gerade mal wenn ich den Kopf arg schüttele», sagte ich wahrheitsgemäß.

Aliana hatte eine große handvoll an Haaren in das Feuer geworfen, jetzt drehte sie sich zu mir um, während Imhotep den Schwamm beiseite legte und begann mein Hemd wieder zuzuknöpfen. Aliana ergriff das Wort, ich glaube Imhotep und sie hatten sich davor einen Blick zugeworfen: «Der Stein ist noch darin, Hilo? Wie ist denn das passiert», fragte sie mitfühlend.

Ich lächelte in Gedanken an das Erlebnis aus meiner Kindheit. Im Nachhinein kann man auch über große Schrecken lachen: «Oh, ein anderes Kind schoss mit einer Steinschleuder. Der Stein ging direkt in meinen Kopf. Ich rannte fort, und die Wunde heilte irgendwann.»

Imhotep sprach sanft: «Hat sich denn niemand um die Wunde gekümmert?»

«Nein, ich bin allein groß geworden, meine Mutter war eine Hure die mich im Fluss ertränken wollte. Ich wurde gerettet, aber die Frau starb dann später auch. Ich war eigentlich immer allein, deshalb bin ich nach dem Schuss auch davon gelaufen. Ich dachte, ich würde Ärger bekommen, wenn man mich erwischt.»

«Wieso denn das?», fragte mich Aliana und trat zu mir.

«Ich hatte an dem Stand Brot gestohlen, der Junge wollte mich verscheuchen. Hab auch das Obst mit dem spritzenden Blut versaut.»

Imhotep zog mich hoch, so dass ich saß und meinte: «Der Stein drang in Deinen Kopf, und die Wunde schloss sich irgendwann einfach wieder?»

«Ja», sagte ich beinahe stolz, «seitdem pocht er immer, wenn ich in Gefahr bin. Euch Vampire mochte er zu Beginn auch nicht. Er warnt mich.»

«Der Stein», bemerkte Aliana, und ich dachte, sie meinte mich und antwortete: «Ja, der Stein.»

«Der Stein», sagte Imhotep zu Aliana.

Dem nach einer Pause entstehenden Gespräch vermochte ich damals nicht recht zu folgen.

«Der Tropfen trägt die Schuld, er sucht sich seinen Weg sich zu erlösen, noch stärker als in lebender Form», beschrieb Imhotep und Aliana lief im Raum hin und her: «Aber wie ist das möglich? Wir haben niemals Kräfte nach dem Ritual festgestellt.»

«Wie hätten wir auch, wir sind bereits Unsterblich, Aliana. Er hätte uns nichts schenken können, was wir nicht schon haben. Vermutlich hätte er uns auch nicht ausgewählt. Keinen Vampir. Der Fluch soll gelöst werden, dazu muss er den richtigen Weg wählen.»

Beide überlegten für einen Augenblick, bis Aliana sprach: «Er versucht also, dass der Fluch gelöst wird. Aber was wird er dazu tun?»

Imhotep erklärte: «Das weiß dieser Tropfen so wenig wie wir. Aber vor allem sollte sein Träger rein bleiben, um irgendwann eine Tat von solcher Größe zu leisten, dass der Fluch gebrochen wird, vermute ich.»

«Das ist Irrsinn.»

Imhotep schüttelte den Kopf: «Nein, rein logisch. Daher Hilo. Das Pochen im Kopf, ein Stolpern zur rechten Zeit. Sein Glücksstein, im wahrsten Sinne des Wortes. Du weißt doch, welche Kräfte die Sterblichen dem Stein zurechnen. Wir haben das nie wörtlich genommen.»

«Es war Aberglauben!»

«Nicht unbedingt, Tochter, wie wir hier sehen. Kein Aberglauben.»

«Warum erst jetzt? Warum blieb er nicht das Kind, welches er war, wenn der Stein ihn nicht altern lässt?»

«Ein Kind aus der Gosse? Wie wahrscheinlich war es, dass dieser Mensch eine Handlung der erforderlichen Größe begeht? Aber als er in die Schlachten gegen den König geriet und Deine Nähe spürte ...»

Aliana beendete Fürst Imhoteps Gedanken: «Die Nähe von machtvollen Vampiren, da lenkte der Stein die Geschicke, damit der Mensch eine wichtigere Position einnahm. Er schützte ihn. Aber was ist, wenn wir ihn zu einem unserer Art machen würden?»

«Das, meine Tochter, wird der Stein zu verhindern suchen. Wäre Hilo ein Vampir, hätte er eigene Schuld, die es erst zu brechen gelte. Das würde die Möglichkeiten des Steines verringern. Nein, das wird er nicht zulassen. Außerdem wäre er zu sehr in dem dann unsterblichen Körper gefangen. Nein, der Trick ist, dass er ihn selbst beschützt aber sterblich lässt. So kann er als Tropfen bestimmen, ob er ihn noch braucht oder ihn fallen lassen will. Bitte bring Hilo in sein Gemach. Ich muss nachdenken.»

Ich versuchte auf dem Weg Aliana eine Erklärung zu entlocken, was sie mit Fürst Imhotep herausgefunden hatte, aber Aliana sagte nichts. Sie brachte mich schweigend davon.

Drei Tage und Nächte lang sah ich keinen der Vampire, lediglich die bediensteten Sterblichen des Hauses, die mich mit Nahrung versorgten. Ich vermisste Aliana. Dann kam Gideon zu mir, er klopfte an der Tür. Es war seit Jahren eine erfreuliche Erfahrung für mich, dass andere nicht nach Willkür hineinkamen, sondern mir soweit Respekt entgegenbrachten, dass sie sich ankündigten. Ich rief herein.

«Sei gegrüßt, Hilo. Es wird eine Versammlung geben, zu der Imhotep gerufen hat. Fürsten von anderen Häusern sind eingetroffen und beziehen gerade die Gästequartiere. Ich soll Dich vorbereiten.»

«Vorbereiten worauf?», fragte ich argwöhnisch.

«Auf diese Versammlung.»

«Ich kann mich selbst anziehen, danke aber.»

Er lachte. Bei Gideon war Lachen immer etwas Erfrischendes, aber auch bei ihm hatte ich gelernt, das die Jahrhunderte seiner Existenz ihn viel mehr denken ließen, als er zeigte. Somit wusste man nie, was sich hinter einem Lachen verbarg.

«Nein, Hilo, darum geht es nicht. Diese Versammlung hat Imhotep wegen Dir einberufen. Wir wollen den Gerüchten vorbeugen, die schon in Umlauf sind und Dir schaden könnten. Unsere Art ist argwöhnisch, mindestens so sehr wie Du uns gegenüber. Und sie wissen über das Besondere, was

Dir obliegt. Imhotep möchte nicht, dass Du zu einer Gefahr wirst oder Dir Gefahr droht.»

Ich trat zum Fenster und sah hinaus, damit Gideon nicht meine Gefühle an meinen Augen ablesen konnte. Wie naiv, dachte ich im selben Moment, ihn, den Meister des Geistes damit auszusperren zu versuchen.

«Dann erkläre mir den Sinn der Versammlung», bat ich ihn. Es war das erste Mal, dass sie mich vorab einweihten, warum sie etwas taten.

Als die Versammlung kam, stand ich an der Seite von Aliana neben Gideon, vor uns Fürst Imhotep, der einzeln die Fürsten der erschienenen Häuser begrüßte. Nachdem alle sich ausreichend anerkannt fühlten, erhob Fürst Imhotep sein Wort an alle: «Ich habe Euch, verehrte Fürsten, geladen und bedanke mich für Euer Erscheinen. Das Haus Imhotep ist Euch wohl gesonnen. Ich bat um diese Versammlung, damit Verwirrungen ausgeräumt werden, und unter unserer Art keine Geheimnisse herrschen. Vor langer Menschenzeit - für uns lediglich ein Hauch des Lebens - wählte meine Tochter Fürstin Aliana des Hauses Baphomet einen menschlichen Diener, und das Geschenk meines Sohnes an sie zu ihrer Hochzeit war, dass dieser Diener ihr auf ewig zur Seite stehen sollte.»

Ein Gemurmel entstand, aber Imhoteps weitere Worte dämmten es wieder ein: «Kein Vampir sollte er werden, denn als ständiger Begleiter sollte er sich um die Arbeiten am Tage kümmern. Dieser Mensch wurde ein wertvoller Gefährte, so treu und loyal, dass ich ihn in meine Familie aufnahm. Woran wir ständig zweifelten, war Gideons Geschenk. Doch nach all den treuen Jahren ist bewiesen, dass es ihm mehr Jahre schenkt, als es einem Menschen obliegt. Ob es die Ewigkeit sein wird, wird nur sie selbst offenbaren. Ihr vermutet vielleicht bereits den Speer des Schicksals, der lange Jahre von ihm getragen wurde. Ich werde das nicht abstreiten, möchte Euch aber weitere Anreize geben, die Wahrheit kennt nur Gideon, der die Art seines Geschenkes aber gut behütet, auch zu meinem Bedauern. Vielleicht ist es das Blut Baphomets, der Heilige Gral, den der Ahn als Sakrileg entdeckte. Vielleicht ist es der Jungbrunnen, von dessen Wasser Gideon auf seinen Reisen ein Glas sammelte oder die heilige Essenz der Druiden. Alianas Diener ist kein reiner Sterblicher.»

Erneut ein Gemurmel. Ob sie an seinen Worten zweifelten, bemerkten, dass er etwas verschwieg?

«Wir alle werden über die Jahre sehen, wie weit Gideons Geschenk reicht. Bis zu diesem Tag möchte ich ihn als Teil meiner Familie in unseren Kreis der Unsterblichen aufnehmen. Dies soll ihn zur Treue gegenüber unserer Welt verpflichten und uns ausreichend Schutz vor dem Sterblichen, der nicht altert, bieten. Wenn einer der Fürsten widersprechen möchte, mag dies jetzt geschehen.»

Wie immer hatte Imhotep sie überrumpelt, und sie in die Lage gebracht zu akzeptieren oder seine Autorität anzuzweifeln. Niemand würde das unüberlegt tun, daher ertönte kein Wort. Er gab mir ein Zeichen, und ich trat vor. Ich trug die Zeremonienrüstung, leicht verändert im Laufe der Zeit und seit längerem mit dem Zeichen des Hauses Baphomet versehen. Ich stellte mich vor ihn und kniete nieder, er legte eine Hand auf meine Schulter: «Sterblicher, bist Du bereit einzutreten in die Welt der Dunkelheit unserer Art und dem Geheimnis um uns Dein Schweigen zu schwören, zu beeiden unsere Welt zu schützen und absichtlich keiner Gefahr auszusetzen?»

Ich sprach klar und deutlich: «Dies schwöre und beeide ich.»

«Wirst Du treu und loyal zu unserer Art sein, wie Du es bereits meiner Tochter gegenüber unter Beweis gestellt hast, solange es das Gelübde zu Ihr und zu unserer Familie nicht verletzt?»

«Ja, das schwöre ich.»

«So tritt auf in die Welt der Unsterblichkeit und besiegele Deinen Eid.»

Ich stellte mich vor ihn hin, blickte zu Aliana und schaute Imhotep dann in die Augen: «Ich will meinen Eid mit meinem Blut besiegeln», sprach ich und legte den Kopf in den Nacken. Imhoteps Zähne glitten sanft in meinen Hals, und er trank ein wenig von meinem Blut, vor allen Fürsten als Zeugen.

«Willkommen in unserer Welt, der Du fortan in Dunkelheit heißt Naciron. Denn es sei Dein Name in der Unsterblichkeit, und unter ihm werden die Fürsten der Dunkelheit und die Mitglieder ihrer Häuser Dich kennen. Dieser Name wird Dir Schutz gewähren, wie es Dein Haus und Deine Familie tut. So sei Naciron mein sterblicher Sohn in der Unsterblichkeit unserer Welt.»

Und so bekam ich meinen Namen als Unsterblicher: Naciron. Sehr lange Zeit würde ich benötigen zu erfahren, was dieser Name für die Vampire bedeutete …

Später am Abend blickte Aliana mich ernster an als jemals zuvor, und es war deutlich zu spüren, was sie für mich empfand. Mein Herz schlug heftig, als ich sie ansah.

«Es gibt nur einen Weg Deine Unsterblichkeit zu wahren. Dir muss klar sein, dass Du nicht wahrlich unsterblich bist, Hilo. Zwar wirst Du beschützt, doch Dein Leben kann enden. Und das Geheimnis, was Dich beschützt, werde ich niemandem verraten, nicht einmal Dir! Das verspreche ich. Denn nur das wird Deine Sicherheit gewährleisten.»

Und sie hielt ihr Versprechen. Denn nur die Ältesten kennen das Wissen der Weisen. Und sie hüten dieses Wissen. Den Stein der Weisen.

GEDANKEN

Des Schreibens mächtig verstand ich mich nicht als Chronisten, sondern eher als einen Abenteurer, der die Welt beschrieb wie er sie erlebte. Ich erfuhr von weiteren Häusern und Machtlinien, erlebte die Geburt des Hauses Dracul, verfehdet dem Hause Imhoteps, dessen Ahn eine Herrschaft der Dunkelheit in seinem Land errichtete, die daran folgenden politischen Verwirrungen, die Aliana mit den Worten «Dort wo kein Potential ist, kann auch Unsterblichkeit nichts bewegen» zusammenfasste, die Entdeckung und Besiedelung eines neuen Kontinentes, zahlreiche Kriege der Menschheit.

Und jetzt weile ich in der neuen Zeit, bereit für die Dinge, die kommen werden. Dermaßen vorbereitet wie man es sein kann, was durch die Erfahrung meines langen Lebens bedeutet, ich bin nicht im Geringsten vorbereitet. Unwichtig was kommen wird, das Schicksal wird mich überraschen wie es das immer tat.

Gleich werde ich von meiner komfortablen Wohnung, hier in der 30. Etage hochfahren, ich werde einige Stockwerke höher aus dem Fahrstuhl treten, Männer in schwarzen Anzügen und Frauen in gleich wenig farbigen Kostümen werden mich empfangen, sie tragen ein weißes kreisrundes kleines Emblem auf der linken Schulter mit einem roten Tatzenkreuz. Das Zeichen des Hauses Baphomet, dass die Templer als ihr Ordenssymbol übernommen haben. Sie alle werden bewaffnet sein, automatische Gewehre, das G36 aus Deutschland. Es tötet einen Menschen selbst mit einem Streifschuss, da die Gewalt eines Schusses aus diesem Gewehr einen mordenden Schock verursacht. Einen Vampir kann es niederreißen und einige Sekunden hemmen. Ich hasse diese wie alle Waffen, doch die Fürsten der Häuser halten sie für notwendig.

Diese Personen werden mich den Gang entlang begleiten, vorbei an den kostbaren Statuen aus unterschiedlichsten Epochen, über spiegelnde Marmorböden, die Wasserspiele am Rand der Wände mindestens so beeindruckend wie die handgeknüpften Jahrhunderte gereiften Läufer.

Wie immer werde ich sagen: «Hoffentlich gesichert und entladen?» und der jeweilige Kommandant wird belustigt ausrufen: «Geladen und entsichert!»

Ihre Gewehre sind immer schussbereit, bei Vampiren ist jede Verzögerung ein schwerer Fehler. Diese Menschen sind Vasallen des Hauses Baphomet, Angehörige des längst für vernichtet gehaltenen Ritterordens der Templer, der Pauperes commilitones Christi templique Salomonici Hierosalemitanis. Mitglieder des Ordens hatten das Massaker an ihrem Orden Anfang des 14. Jahrhunderts überlebt. Vielen von ihnen hatten wir damals sicheres Geleit nach Schottland gegeben, wo sie eine Zeit lang unter dem Schutz des uns freundlich gesinnten Hauses Skara Braes standen. Sie sind den Todesurteilen, die nach der Hetzjagd, ausgelöst von Papst und König, gegen sie vollstreckt wurden, entkommen. Ähnlich erging es anderen Ordensbrüdern in Portugal, um die Gideon sich gekümmert hatte.

Treu den beiden Häusern Baphomet und Imhotep ergeben, untersteht ihr Großmeister in direkter Kommandolinie

Aliana, Fürstin des Hauses Baphomet statt ihres Titels als Prinzessin des Hauses Imhotep, ihr Bruder Gideon ist statt ihrer Prinz und gilt als legitimer Nachfolger von Fürst Imhotep. Beide Häuser sind somit für sich aber in der Hand der einen Familie. Meiner Familie.

Sie werden mich zu Aliana führen, deren Zeit der Ruhe im Anbeginn der Dämmerung beendet ist, und wir werden gemeinsam die Nacht erleben.

Ich wurde mit vielen Namen angeredet. Unter den Sterblichen meiner Art je nach Epoche, Land und Person die ich verkörperte. Unter den Geschöpfen der Nacht hieß ich seit meiner Taufe Naciron. Nur drei von ihnen nannten mich bei dem ersten Namen, den ich mir einst gegeben hatte - Hilo.

<HTTP://WWW.OLIVER-SZYMANSKI.DE>

<HTTP://WWW.NACIRON.DE>